U0053976

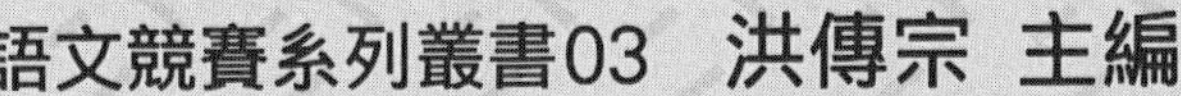

客家語演說

── 教戰準則 ──

洪傳宗
陳秋玉 著

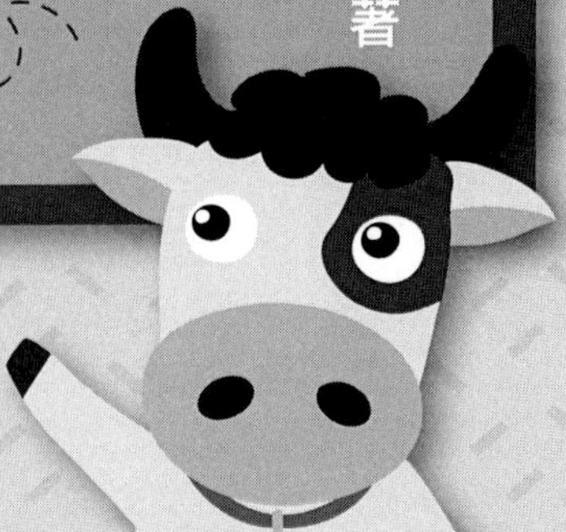

專業必備
客家語演說工具書
名師推薦

演說金牌推手　洪傳宗、陳秋玉 著

應珠｜107年臺北市模範母親，新北市毛織工會前理事 ──── 推薦

正亮｜107年新北市模範父親，前苗栗縣黃木桂議員辦公室主任 ── 推薦

本｜苗栗田心客家語發展協會理事長 ──── 推薦

承風華之大事，創不朽之奇蹟

生命的未可知，教我急於窺知命運的軌跡。

文學的路行來，傳宗的肩上總是乘載著浪漫的擔子，有誰能如八點檔的劇情，選在自己成婚的那天缺席？

許多年少的夢與華麗的記憶伴隨著他沿途拋散。

時無分古今，地無分中外，這是我在傳宗前一本大作中寫到的，繼國語、閩南語到這一本客家語演說，這孩子總是走在時代的先驅，潛移默化、鼓舞人心、雞鳴報曉的第一線，這似乎已不足以形容我們認識的傳宗。

生命成長的過程多麼微妙，有時只是一場沒有結局的初戀，都可能影響我們一生的價值取向。坊間少了的客語演說指南，因此書之問世顯見完整，我們期待因為此書的到來，能夠嘉惠更多的自學者，成為明燈指引征塵。如許，文藝的衣缽傳人在一波改革濤濤的胸懷裏，成為歷史夜空中怒放的星芒。

107年臺北市模範母親

謝應珠　謹識

為後進而寫，為傳承而書

一隻筆能有多少執著；多少堅持？多少自我的肯定？又豈是你我捧卷賁然可以衡量？傳宗創作此書的作用在此、精神在此，早超越了演說的意義，而全書的價值、自成甘芳。

拜讀完傳宗與秋玉完成的大作，勾引起我心中滿滿的回憶。

好書付梓，好的工具書一如和風晴空，會自然散發自由的光、熱與愛，引燃著它自已所輻射出的溫度、深度和廣度。

此書，詮釋了時代也掌握了動脈，流淌著文字魅力所結構出來的精神與叮嚀，匯集成一種力與美的交織。傳宗邀請我為本書寫序，我不加思索立刻應允。相信，此書在他的投入之下，必定能夠遍地開花，成為客家語演說薪傳中，閃著熠熠光輝的瑰寶。

107年新北市模範父親

謹識

寫在卷首

客家語走過時代的斑斑血痕，它依然成了我們客家人對這個時代的最佳代言。仍舊記得幾年前，協會急需尋找一位客語演說的指導老師，秋玉老師接獲本會的邀請，二話不說便答應擔任本會客家語演說的指導，期間更蒙引荐結識了在演說部分早享有盛名，並且擔任本縣國賽指導的傳宗老師。此書，是洪老師與陳老師共同的創作，內容面向完備，清楚地為有意參加國賽選手，指引出一個明確的方向。相信此書一出，將被有意參加客家語演說者奉為比賽的聖經，也必定是指導客家語演說老師們的寶典。此書，不但如實記載洪、陳兩位老師實戰的經驗；對苦無客家語演說專書的時代注入一劑強心針。

語言是我們的根，是祖先智慧的結晶，唯有傳承，才能歷經萬年不衰，才能讓後世子孫穩穩傳承。今日，我有機緣為此書寫序，盼讀者能廣為宣說，方不負兩位師者之託，在書本付梓之前，恭謹以序。

苗栗田心客家語發展協會理事長

謝本 謹誌

站在第一線

排版完成後，出版社將完稿的部分寄給我。還未來的及做最後的核定就接到新制賽制的通知；於是一連串的改、修、編、排和同好們催生的電話灌溉了我的生活。

遲來的我對這樣的變卦深感抱歉，除了一邊忙著赴各縣市解說新制的因應；每天仍要提前迎接修改的大任。

感謝出版社給我最大的容忍，感謝學生們等待，感謝新科的模範母親、父親及謝理事長百忙中為我寫序，羅馬不是一天造成的，這是我們共同完成的，久等了。

主編

洪傳宗 謹誌

前言

去年底的全國語文競賽剛結束，時序眼見才剛進入四月份，年前雖有受邀擔任幾個比賽的評審委員；但在還來不及思量今年度，自己在國賽的歸屬，第一場縣市賽的評審邀約，便得和其他倆位評審委員，一起選出該縣市高中組、教師組、社會組以上三個組別年底參加全國賽的代表選手。

凌晨四點，我自夢中醒來深怕誤了一早八點的評審會議，好容易再次入夢下一回也才五點半。於是，我不待六點的鬧鐘試啼便起身整容。清晨的中山高因著假日好不熱鬧，安穩的進入主辦學校停妥車輛，第一個到的總能有比別人多的停車位能給我選擇，只盼這回別又停到了校長的車位才好。

七點的校園除了我，只有幾位工作人員，我總喜歡在這樣的清晨，享受著集合了許多同好，一同參與縣市語文大賽的大日子，文氣集聚、殺氣騰騰的氛圍，讓我也跟著血脈賁張起來。隨著報到時間的逼近人們逐漸到來，一場風雲變色的比賽也即將展開。

彰化的吳麗蘭老師也自彰化趕來參加這場盛會，她一見我便開心的詢問今天是否能與我評同一組，只是當她知道我要連評三組，且今天所評選出來的第一名就是年底代表新竹前往嘉義參加國賽的代表選手，她臉上的笑容馬上轉變換為嚴肅，足見此時我們三個人的責任是有多麼的重大。

主辦單位要求我們三位評判委員，希望在賽後能推派一位主審擔任講評的工作，我頂著剛出了兩本演說書的光環，被兩位評審推為主審並擔任三個組別賽後的講評工作。

此次出賽的選手中不乏國賽的熟面孔，自是近幾年分別取得代表權前往國賽中磨練出了一些本事。然而正因如此，在幾年內分別替某些縣市分析各縣市的出賽選手情況中，致使我對這幾個選手的演說模式與臨場的情況也算拿捏的頗為清楚，江山是否將有才人出？瞧一瞧就知道。

只能說對一些擁有過國賽培訓的選手來說，如果新進的選手沒有下過一點苦功的，那整體的狀況要超越會有實質的難度。舉凡穿著、台風、自信、內容、結構到句子的舖陳、結尾的處理等等，再再驗證著我們三個評審的功力。

其實新進的好選手是有的，但我們除了針對優劣程度，還得替縣市政府考量到後續訓練的養成是否能夠順遂，是否足夠讓新進的選手在培訓後真能替縣市拿下國賽的好成績，於是割愛成了我們三位評判委員心中的最痛。

講評的時間在兩位評判委員的鈴響催促聲中發燒，雖然如此我還是不忍離去的講了將近一個小時，除了也請另外兩位評審講評給些建議與看法，我更加碼開放時間給選手們提問，有幾位熱衷參賽並不時報名縣市母語研習營隊的老師，驚訝於從未接觸到我到該縣市指導研習上課而捶胸，進而敦促我得儘快完成此次這部「客家語演說教戰準則」的誕生，以便提供日後選手比賽前能夠有自學的工具書並能陪伴他們做為參賽自習之用。

賽後吳麗蘭老師提及，已開始著手為選手們準備比賽的稿子，她說幾個腔調中就大埔腔最讓她頭大，因為她知道我先前指導過國賽教師組的選手，所使用的腔調正是大埔腔，我們相約在下個月到彰化的評審會後，能夠撥空再幫她好好的潤潤稿。

這場縣市的比賽，也就這麼揭開了今年全國賽的首幕，雖說暗潮早已澎湃只是洶湧未來，幾場賽事下來，還沒站上起跑線的您，就只好望塵急追了。

全國的語文競賽，從國語文競賽開始若要追溯源頭，可以追溯自民國 35 年開始，然而就鄉土語言演說的這個區塊，則是只能從民國 87 年之後，也才被開始正式的納入了全國語文競賽的比賽項目之中，雖然當時把鄉土語言納入了全國語文競賽的比賽項目之中，但成績並未納入團體總成績的計算；一直到民國 96 年起，全國語文競賽鄉土語言競賽項目的比賽成績，才正式的併入了團體總成績的計算範疇。

在民國 96 年之前，全國語文競賽鄉土語言的成績僅聊備一格，受重視的程度也在各家話下。對於競賽激烈的全國語文競賽而言，是否具備了實質的意義各家自有見解。然而，全國語文競賽後期又陸續的增設了閩南語以及客家語的朗讀比賽等項目。我們相信，此舉將會使得鄉土語言能夠更加的落實於地方，並逐漸發揚。因此，各項競賽也能更加獲得全國各縣市政府的重視與推廣。

我們有幸恭逢其盛，並在諸多前輩貴人的推手下，從參賽選手、指導老師、評審等不同的角色一路走來，對母語更有親不可沒的感受。有感於選手、指導、評審之立場與所見角度的不同，每到比賽愈是接近，擔心選手們的準備無法準確的切中靶心，更有部分縣市因資源缺乏或其他因素，無法適時的提供參賽選手們完善的資源與培訓，導致許多具有潛力的選手就這樣與獎項擦身而過。

我們深感比賽場中的人情冷暖。然而，在求助無門或資源缺乏的窘困中，該如何自力救濟，好讓自己能夠從眾多好手中殺出一條血路，這本書將細細的和您一起來研討並給予建議。我們會從歷年全國語文競賽的心得中，提供大家一本客家語演說比賽臨上場前的工具書，期盼大家一起在全國客家語演說的賽場上發光發亮，並幫助大家一舉奪下國賽場上漂亮的成績。

全國語文競賽中，客家語演說除了國小組、國中組、高中組、教育大學組四個學生有稿組演說外，即席演說的部分計有教師組及社會組等二個組別，在成人組的演說題目中，我們試著來分析國賽的命題趨勢，並藉著提出歷屆選手們表現時的優缺點，做為提供給要參賽的選手們一個參考，更企盼能夠藉此達到拋磚引玉的效果，讓更多有心參加客家語演說賽事的同好，能夠從成功與失敗的各個經驗中找出動機、產生興趣，能夠更加的願意投入，讓我們的母語客家語語言的各項競賽長存，俾使每年的全國語文競賽賽事，皆能發現到更多更亮眼的新星，也能創造出更好的成績、有更好的表現。

目錄

推薦序

承風華之大事，創不朽之奇蹟 / 謝應珠

為後進而寫，為傳承而書 / 洪正亮

寫在卷首 / 謝本

主編序

站在第一線 / 洪傳宗

前言

第一章　吉光片羽皆齊備 不化春泥也芬芳　1

一、客家語演說的基本精神　7

清楚的觀念

正確的心態

琢磨的技術

二、燕雀焉知鴻鵠之志　32

不要輕看自己

化繁為簡

以簡馭繁

三、忘記一切向標竿挺進 36

感動別人先感動自己

作品的生命力

四、跑完全程比跑第一重要 38

深層的文化涵養

用宏觀的眼光看世界

第二章 內容就是你致勝的關鍵 43

一、追本溯源的成功法則 44

精雕細琢

二、出類拔萃 46

因材施教

截然不同的特質

三、修辭技巧 49

1 分鐘內破題

四、話多與話好 51

才思敏捷

畫虎不成反類犬

五、邏輯清楚 55

如法

切題

訣竅

六、文氣暢達 56

演說的質感

縝密的訓練

七、培養帶得走的能力 58

經驗知識的千百種可能

訓練思考的爆發力

慢煨心熟

八、生命資料庫 60

培養國際觀

啟動自我成長的契機

九、觸類旁通 61

舉一反三

說得多不如說得好

說得好不如說得巧

感人肺腑全力以赴

十、扣人心弦，目不暫捨 63

快樂的情緒可以提高腦內的多巴胺，一旦身心活絡必然事半功倍

建立自我價值

十一、生命體驗騰然躍上講臺 68

讓評判先生醍醐灌頂

十二、幽默感成就曠世巨作 70

鳳凰花開時

好的例子就像甜點偶兒吃來滋味特好

讓句號變成驚嘆號

第三章 從澎湃的心湖轉為篤定的語調 73

一、記取教訓積極突圍轉進 74

演說的硬底子軟實力

二、口語表達的魅力 77

反覆鎔鑄、淬鍊方能磨出天下無雙的利劍

三、勝利方程式 78

專業的教師

最佳的選手

四、良好的設備讓你身歷其境 84

培訓場所

完善的後勤支援

五、全套的國賽服務 158

密切的親師合作

適性化

多元化

個別化

六、運用優勢的人力資源照顧選手　162

七、吸取別人的經驗　162

八、創新自己的體驗　169

努力未必有收穫但想收穫非努力不可

鋪陳個人成長經驗激勵奮鬥意念

九、平凡小人物的成功奇蹟　171

演說技巧的自我訓練

不食人間煙火

十、活脫脫的搬上螢幕　176

第四章　嶄露頭角大顯身手　177

一、高手環伺從容應戰　178

內容

閉門造車與光說不練

雄辯滔滔不如誠懇實在

語音

儀態

二、天道酬勤 183

認真的態度一貫以對

演說不是八點檔切忌灑狗血

三、高手環伺思維脈絡與邏輯 185

撻伐聲

言者諄諄聽者藐藐

四、具備人本情懷 186

鄉土與國際意識

民主素養

統整能力及終身學習

五、脫穎而出獨占鰲頭 187

每分鐘 160 到 180 字

第五章 不只是為了個人的榮辱 189

一、陷入無話可說的窘境 190

沙盤推演

適當的訓練

單純的感動

二、投注熱情享受它的美好　192
　為達目的堅苦卓絕
　活絡氣氛
　凝聚共識
三、喜歡自己悅納自己　193

195

第一章

吉光片羽皆齊備
不化春泥也芬芳

- 一、客家語演說的基本精神
- 二、燕雀焉知鴻鵠之志
- 三、忘記一切向標竿挺進
- 四、跑完全程比跑第一重要

教育部於 106 年全國語文競賽賽後，針對各界對於全國語文競賽所提供的寶貴意見；於 107 年初邀集各縣市及教育大學等召開檢討會議，經教育部通盤研議後，自 107 年全國語文競賽將依下列方向進行調整，因為這對參加競賽的師生，是很重要的參考訊息，介紹說明以下。

全國語文競賽應回歸「教育」的本質，以「學生」語文學習來思考，另應減少競賽規模以減輕縣市負擔。

（一）取消開幕典禮及精神總錦標獎

1. 取消開幕典禮，讓承辦縣市全心籌辦競賽事務，競賽員賽前專心準備。
2. 取消精神總錦標獎和開幕典禮。

（二）取消縣市團體獎

避免縣市惡性競爭，讓榮譽回歸參賽學生、教師、學校。

（三）調整比賽期程

1. 比賽期程由三天調整為兩天，第一天下午及第二天上午比賽，第二天傍晚辦理頒獎典禮。
2. 為減輕承辦縣市負擔及競賽單位住宿、交通需

求，第二天傍晚頒獎，工作小組較有時間處理頒獎相關事宜。

（四）取消直轄市分區辦理初、複賽規定

1. 直轄市得依需求本權責辦理初、複賽，以避免分區認定爭議。
2. 原住民族語競賽、教師組、社會組各組各項均取消初、複賽，放寬依需求遴選代表參加全國決賽。（學生組非原住民族語項目仍維持現行初、複賽規定）

（五）優勝成績改以「特優、優等、甲等」三等第呈現

1. 比照教育部全國音樂比賽等，優勝成績以等第呈現。
2. 增加獎額，以肯定、鼓勵競賽員。

在「中華民國 107 年全國語文競賽第一次領隊會議」中決議，該年度全國語文競賽定於 107 年 12 月 1 日至 2 日，假嘉義縣永慶高中、祥和國小及長庚科技大學舉辦，競賽場地安排如下：

永慶高中：國閩客語朗讀演說、靜態（各組之寫字、作文、國閩客語字音字形）。

祥和國小：原住民語（演說、朗讀）。

長庚科技大學：縣市休息區及閉幕頒獎典禮。

有關 107 年全國語文競賽實施要點（草案），修正重點如下。

一、有關原住民族語各組競賽，修正為：學生組原住民族語各項比賽得由直轄市及縣（市）政府視實務狀況彈性辦理初、複賽，但依原住民族語言發展法保障原住民族語言之使用及傳承之精神，為確保競賽員參賽權益，尤其是原住民瀕危語言，若直轄市、縣（市）如有學生表達參賽意願，則應辦理。

二、刪除團體獎及精神總錦標獎等相關內容。

三、文字修正：「教育大學及大學教育學院」改為「師資培育之大學組」

四、新增演說項目競賽評判標準之時間，誤差在 3 秒之內者，考量按鈴操作，不予扣分。

五、新增行政人員獎勵。

六、修正申訴書至遲應於各該競賽項目比賽結束後 1 小時內提出，逾時不予受理（各競賽項目應於比賽結束時宣告結束時間），並刪除「確實影響競賽員權益重大者不在此限」。

七、修正「全國語文競賽違規裁處規定一覽表」，修正裁處項目「競賽成績不予承認」部分之違規情形，為下列 2 點：

1. 競賽員資格不符

2. 競賽員有冒名頂替者（以身分證或戶口名簿為憑）。

所謂：「花若盛開、蝴蝶自來，你若精彩、天自安排」。107 年度是新制全國語文競賽賽制的創制年，有鑑於新的制度所產生的連鎖效應，正待你我共同來驗證之外，我們也將一起見證新賽制的閃亮登場。擦亮裝備上戰場吧。

帶著一整年的驃悍和浪漫。紙筆伴隨滿載資料的背包，承攬著縣市成敗，全都無聲無響的上肩，責任的纓帶凜凜的繯緊下顎。在沒有喝采聲與祝福的悄悄中開拔。

征戰路在遼闊的穹野中漫延，連接成一望無盡的山野，年底的全國語文競賽將無數的選手緜綴成風情的驛站倏然而來。

敢情，夢中無主，不知身是客。幾度春秋，幾回流落，幾番風雨，一次次歌句撩撥的離別曲終將喚醒叱吒風雲的從戎曲。

千古的惆悵和菜鳥的青蒼終被大賽的光澤鎔鑄成堅毅，光明在隔日耀眼的皇冠上嘉勉。

征戰的過程中，過去一年你付出了多少的努力，必將活生生的呈現在評判委員們專業的眼前。準備的愈充足，將硬生生的反映在最後的成績榜上，幾家歡樂幾家愁，你累了嗎？

各項演說取材的泉源有二：

一是來自書本智識的，從前人的實作中，學習各種技巧，擷取精華。然而，是否我們能夠精采的將別人的東西活用，將是成功與否的關鍵。

一是來自生活體現的，從人生百態之中，觀察世間萬物，反映人生。我們相信生活中的自身經歷，是一部從未上演過的八點檔，撇開八股的鄉土，活生生的偶像劇想不吸引人都難。一次國賽的場合中，我訴說了自己班上孩子的遭遇，賽後一位帶著孩子一同參賽的母親到休息室找我，你的真情是會引起共鳴的。

缺乏資源的您在千巖競秀，萬壑爭流中，如何讓自己光彩閃爍？有準備的人遇到了什麼都不會擔心，如果你都已經準備好了，那麼相信我，不贏，也難。

一、客家語演說的基本精神

客家「晴耕雨讀」精神用在客家語的演說上真是最佳的代言。「臺頂三分鐘，臺下十年功」摎係有志氣个客家子

弟，在演說的賽場上，孩子們不只發揚了我們客家人特有的傳統精神，也為我們保留了母語，延續出客家語的特色與價值。

客家語演說的六大腔調從海陸腔、四縣腔、南四縣腔、大埔腔、詔安腔到饒平腔，因為各地區域性的發音不同，所衍生出來的區域性腔調也都保留了客家腔調獨特且富有各自韻味的客家特色。

在客家語演說的過程中，保留母語的特色，將整個篇章的腔調統一，所謂字正腔圓，再再的讓我們發現到原來原味的呈現最美。

再者，我們客家聚落的產生，宗教信仰與地名等等的文化內涵與共通性，再再都是能夠彰顯獨到的特色，客家人知天命、刻苦耐勞的精神等等，都能夠成為演說中與眾不同的素材，只要適當的運用必有畫龍點睛的效果。

清楚的觀念

要先清楚客家語演說的表達方式，首先選定自己擅長表

達的腔調，選擇了腔調之後，請就前幾年的全國賽賽事影片當中，挑選出一個自己所使用腔調所對應的選手，當然如若能夠挑選出一位與自己風格相近，甚至最好是有在國賽的賽事中獲得前六名的選手，就其服裝、台風、表達方式、技巧方法等等，各方面仔細的推敲，應能整理出一套屬於自己奪標的標準模式。

在觀摩的過程中，對於學生組與成人組有不同的建議：

學生組就其文章內容的舖陳、段落的運用，除了必須掌握住時間，傳統的布局模式多無法滿足現在多元的比賽，如何創新並結合自己的風格，將是比賽中是否能夠脫穎而出的關鍵，在培訓的過程中若有指導老師或家長在一旁陪同，當選手聽不懂或掌握不好方向時，適時的給予協助，方能有效掌握時效適時提醒。

第一天	第二天
13:00 或 13:20　各競賽員報到	08:00 或 08:20　各競賽員報到
13:30　1 號競賽員抽題	08:30　1 號競賽員抽題
準備時間為 30 分鐘，時間到後呼號上臺	準備時間到後呼號上臺

第一天	第二天
14:00 各組項競賽開始	09:00 各組項競賽開始
至最後一位選手比賽結束統計/公告成績	比賽結束統計/公告成績

報到前應先檢查報到時應帶物品：

1、身份證明證件。

2、選手證。

3、稿子。

提醒：請選手勿將縣市所發的外套或背心穿進比賽場地，雖然每次都會提醒，但是每次總有選手會忘了。

成人組因為是現場抽題，平時準備的資料一定要充足，辭典是必然要帶的必勝工具，建議早早就該買一本隨時查證，針對有選手問說要準備哪一位老師編撰的，老師的建議是選用你最順手的那一本，有些選手習慣到要比賽了才隨意借一本來使用，翻舊的部分都是別人的勤加練習的結果，等一抽到題目後才發現自己使用起來超不順手，出了比賽場地

才開始後悔，下次有機會修正已經是一年之後的事了。文章的佈局方式是在練習的時候就可以決定的，如果不是已經修練成精不建議在比賽當下更改，除非你很有把握，否則自亂陣腳並非好事。

開頭，比賽前除了各段落分配的時間，更可將開頭的部分先行準備，如因為賽前已經知道自己抽到國賽當天的序號，就可以本身的序號設想，搭配比賽主辦單位的標語、地標與自身序號相關的開頭。

12/1（六）		12/2（日）	
08:30-12:30	競賽員走位練習	08:00 或08:20	各競賽員報到
10:30-11:30	第4次領隊會議	09:00	各組項競賽開始
13:00 或 13:20	各競賽員報到		統計/公告成績
14:00	各組項競賽開始	17:00~20:00	閉幕頒獎典禮
	統計/公告成績		

注意事項：

報到前應先檢查報到時應帶物品：

1、身份證明證件。

2、選手證。

3、之前所準備的預習稿子。

4、辭典。

5、剪報資料（當然是歸類整理過的）。

內文，內文的部分可依歷年來的題型分類，如教育類、文化類、環保類、國際類、語言類等類別，擬定相關俗諺、教育標題、生活趣談、時事與相關數據，如根據教育部昨日公佈的……數據表示，我們不難發現……等等的數據資料，更能突如其來的加深聽者的印象，也有助於內文的公信力。

結尾，結尾建議設定為 30 秒，因鈴響後還有一分鐘的時間可運用，扣除掉將內文結束，設定 30 秒鐘的結尾時間應能掌握在 40 秒到 50 秒之間，50 秒之後的預度還有 10 秒鐘，30 秒的結尾是運用強而有力的結束，讓人留下清楚的印象，所以結尾不建議有什麼新的論點，哪怕是再有建設性的想法，恐怕也不宜在此時提出，也正因為如此，所以可就不同的主題，預先把黃金 30 秒想好，能夠在比賽前就背好記熟，屆時用來必能得心應手。

洞察先機

展開笑顏有備而來是制勝之道。客家語即席演講是在極為短暫的準備時間內，能夠全盤收攏自己的思想，並將其融入後以精彩的組織能力整合並發表談話。

即席演講是沒有事前準備講稿，沒有現成為你提供任何的材料，完全憑藉著自己的人生閱歷、儲備的知識與才能，現場即興抒發自己對講題的思想、觀點看法和理論。

以 107 年為例，在七月份發表的題目前推，命題與審題的過程前所發生的事件將是命題的重點。如前幾年的日本大地震，當年度的講題及選手引用的走向地震及天災就成了討論及命題的關鍵。

學生組的部份：因為有稿組演說，在稿子的準備上所下的功夫愈深，所產生的效果愈好。

建議：若能邀請慣用客家語的長輩或老師主筆或審稿，那對內容的本土味必能大大的加分。許多稿件的形成多以華語方式擬稿，然而語言的表達方式不同，許多學校會指派非本科系的老師擔任指導老師，以外行的人來看，那的確是一

篇好的文章，但就如同將英文的文法用在中文上，某些雖可能有共通性，但大多數的部分是牛頭對馬嘴，文章就成了四不像了。

以 103 年客語高中學生組「影響𠊎最深个人」為例，當我拿到講稿發現學生所寫的盡是偶像人物時，我試著與學生討論真實改變他或她們最深的人，有的學生是能說服我的，撰稿者寫的當是學生的初衷，那才是他們所真正能夠感動人心的。當然，若是寫指標性人物是否有加分作用，那就得看寫的功力了。

成人組的部份：社會組的演說時間比教師組短，準備時間較不吃力，若能掌握筆者所說將頭跟尾的結論部份先行準備，那內文的部份只剩下三分半到四分鐘的時間，搭配破題、申論、舉例、反證、綜整、結論與黃金 30 秒，每段時間的時間配當都讓過程變簡單了。

其中破題，抽到題目查完辭典題意自然清楚，然而破題方法頗多，104 年教師組全國第一名盧老師所用：千條榕樹共條根，做人總愛有道哩……為孝順類題的開頭，就是一般

我們最常使用的七字系開頭，一入場所帶進的節奏，在七個字四句並排，總共二十八個字將題目帶進，快、狠、準之外，還能事前準備，一舉數得。

104 年社會組全國第一名花蓮縣代表客家研究推展協會的游淑梅老師所用：一枝草一點露，命運自家來安排。係「命運自家來安排」講題最佳的寫照，七字兩句簡單上口。

其中申論，日常按分類如教育、環保、人文……等議題分類作資料，且將使用優先順序排列好，一翻就到。

其中舉例，用自身所見所聞，加入所搜整數據，完整自然的經驗談，沒有人能打槍你的觀點。

其中反證，將違反常規造成的結果公諸於世，血淋淋的例子給人身歷其境的感受。

其中綜整，以上所言皆能公證的情況下，結合在一起足證所演說的主題的確是那麼回事，想當然爾。

其中結論，只是加深大家對主題的認同感，再加入強而有力的黃金 30 秒，標語式的溫情喊話，一場完整的演說就完成了。

完成是完成了，如是要完美的完成，請參考一下歷年的成果冊，不難發現第一名不是偶然，只有費心耕耘才能開心收割。

教師組是客家語演說所有組別中最後一場比賽的選手，建議提前至會場，緊釘社會組出題的方向，並就所收錄到的題型準備，若是你抽到該題會如何著手，如能由指導老師陪同，臨陣磨刀不利也光，撐到最後一分鐘，老天爺會看到的。小撇步：各組評審是誰，於賽後問一下你的隊友吧；因為評審委員並不會重疊，那麼一推算，大概就知道可能是誰會評到你的場次了。

把握機會

全國語文競賽客家語演說教師組與社會組均採即席演說的方式，要於上臺的 30 分鐘前抽題，相較於學生組為事先公佈題目的方式完全不同，是以詳細閱讀其比賽規則就更顯重要的。

掌握好時間，別因為遲到失去比賽權。

別帶違禁品入場，有些手機會突然自動開機，還是別帶吧，臨時雞（機）鳴可不好。不能帶道具上場可別忘了，最重要的是當天不能穿帶貴縣市的隊服，以免被抗議被取消得名。

做好準備別想著隔年再來，穩穩的拿下勝利，如同重考那種煎熬，還是珍惜自己代表的年度，拿在手中的才是真的。

做，就對了

代表權取得的準備會是你是否能夠參賽的指標，建立你慣用的筆記。去文具店找一種你自己喜歡的、或一向慣用的筆記本。

老師會建議使用活頁紙的形式，除了方便隨時增添資料之外，更可以隨意抽換筆記順序。筆記頁面大小以 A4 較方便，便於攜帶也有較多的空間紀錄；但也有人喜歡用二孔式 50 開資料卡，雖然資料夾開本大小隨意，但是最好以一頁能寫完一題大綱為準。

而且，要養成一張資料紙只寫一題的習慣，千萬不要在

一張紙上圈圈畫畫了好幾個區塊，容納不相干的題目與內容。試想一下：一張紙上正反兩面寫了兩種截然不同的內容，下回要整理分類時，要將這張紙頭歸在哪一類才好？若是真的不得已，一張紙頭正反兩面寫滿了雜七雜八的東西，最好的方法就是別偷懶、不厭其煩地將這整張紙上的東西分別謄寫在不同紙張上吧！

筆記本確定了，就要開始將它當好朋友，隨時帶著一疊空白筆記紙，方便隨時記錄各種發想與心得。大家都知道，靈感總在不經意的地方出現，在練演說的日子裡，應當念茲在茲、行住坐臥都會想到語演說相關的事項，將臨時想到的東西隨手記下，也許那句話就成為日後演說比賽時的致勝關鍵呢！

有些人覺得一頁頁手寫來建立自己的資料庫太慢了，乾脆買幾本作文大全當靠山，豈不更穩當？作文大全一類的範文書，並非不能參考，但要謹慎的參考。一個原因是那些範文跟你並不熟、語句運用和描述方式也許與你平常慣用的說話方式格格不入（沒經過「口而誦、心而惟」的消化，就如同不是自己生的，隔了好幾層）；另一個原因是評審老師或

許對那些作文大全比你還熟呢，若是偷個一兩句來用也許還好，整篇整段的移植為你的演說內容，被評審老師的法眼看出來了，就丟臉了。再者，大部分人買來作文大全，就是隨便翻翻、然後供在桌前，權當門神級書擋了，這不叫「準備」，這叫「掩耳盜鈴」求心安而已。

以 100 年，老師所指導的縣市準備參加國賽的選手為例：其所撰寫的稿子有些眼熟，原來其市賽時由其校內老師代撰，只是不巧所抄襲的正是本人發表的文章，當我自我介紹後該老師當下坦承稿子是抄來的。還是得要認真的去看待，否則不巧可就尷尬了。

不同的文化衝撞價值觀

如果可以找一個你喜歡的古人來仿效，找一個你喜歡的古人，研究他的生平事蹟與著作，愈詳盡愈好。前面有提到所謂指標性的人物，我們客家人的傑出文化人、音樂人、成功的企業家、行善者等等皆可，引用古人的觀點再加以發揚，既不會有「侵害著作權」的問題，也能立即提升自己論點的高度，正是古人說的「登高以望遠」。

如果研究到最後，你移情別戀，發現自己已經不喜歡他了，怎麼辦？別擔心，他可以當備胎，而且絕不會有爭寵吃醋的問題。

在演說中引用古人的話語上，有些是常用熱門人選：哲學方面：孔子、孟子、老子及莊子都是熱門人選。教師組與教育學院組則最愛用韓愈的名言：「師者，所以傳道、授業、解惑者也」做開頭。外國哲人則有柏拉圖、培根、笛卡爾等。

文學方面：李白、杜甫、白居易、蘇東坡都有人愛。國外的詩人則以泰戈爾最有名，因為他的漂鳥集被翻譯得典雅又能琅琅上口。

科學方面：愛迪生、愛因斯坦、牛頓和萊特兄弟都很吃香，建議可以找些不一樣的人物如尼古拉・特斯拉、尚亨利・卡西米・爾法布爾等。

現代版古人如史提夫・賈伯斯，一生事蹟也常被引用。以上所述人物，因為常被引用，所以大家也實在耳熟能詳到耳朵快長繭了。建議可以「供參、備查」，但請你另找不那

麼常被請出場的古人，以免不慎與其他選手「撞偉人、撞名言」。

另外，如果你對音樂、美術、舞蹈、桌球、游泳、扯鈴或跳繩，還是彈古箏、吹長笛、發聲樂有研究，請在相關領域裡找出前輩翹楚，細細研究一番，然後設法在你的演說裡介紹這位專才，不但建立了你自己的特殊性，想必更能達到引人入勝的效果。

面對而不選擇逃避

總歸一句：演說者不要想依靠別人為你準備各種資料，還是自己乖乖做筆記最好。

老師塞再多的東西給你，你若只收不看那只是一堆資料，想在當天拿出來運用連找都找不到，曾經在苗栗指導的選手，我為她準備的資料和她抽到的題目一模一樣，但她足足花了 20 分鐘找不到，要吸收了才是自己的。

某縣市在演練時，黃選手將每一場培訓課程全場錄音，回家後將同樣參加該組別的另一位陳姓選手音檔文字化，不料最後一場演練陳選手所抽題目竟與黃姓選手國賽所抽到的題目一樣，黃選手原音重現，坐在同一場地比賽的陳選手當場傻眼，只能佩服黃選手用功的程度，若非當二位選手的指導老師，還真不敢相信會有這樣的巧合。當然並不鼓勵非原創的作為，不過也得佩服出題老師抓題如神的功力，真巧。

正確的心態

前面演說者提過的人物故事，最好不要再拿出來講。許多人喜歡找媒體大眾的寵兒來做為舉例對象，媒體上紅極一時的熱門人物，固然名聲響亮，眾所周知；也因為大家都知道，所以當你引用不恰當，或者被前面號次的選手一再提起時，總會讓聽眾覺得你在「拾人牙慧」。

除此之外，沒有新的見解無法產生效果。曾經發生過學生組稿子相似度過高的情況，只是舉例與內容全相同的情況，可能就要請寫稿及供稿的老師多加用心了，有些老師學生多，但同一組別的稿子不宜一稿數用，面對學生較建議量身訂製稿件，除了能夠展現學生特質，也能廣泛客語人才。

有些學生問我為何他總是拿不到好成績，其實並不是所

有好老師都能教出好選手，要找出你的特點，量身訂製你的整體，方能呈現打造出屬於你的專屬品牌。

夢想的起步在今朝

儘管準備自己的演說稿專心致志之際，也要分些精神聽一聽在你前幾位選手的演說（依照三十分鐘準備原則，在你抽了題準備演說到真正上場中間，會有三至五位選手上場演說，除非你是前三號選手）。

像不像三分樣。站上去就是要奪標，沒有人逼迫你非得參加，所以站上去就要有奪標的企圖心，人有自信最美、最帥，沒自信的人就該多努力，讓自己上場前都已經準備妥當，自信的眼神最具殺傷力，那一天你上場的時間就是主角，讓自己的夢想在當下實現。

勇氣是需要被澆灌的

事前準備的工夫要做足，筆記要詳盡，查證資料千萬不能只參考一處，尤其是網路上的資訊，要多查證一些，否則引用了錯誤的資訊，是件難堪的事呢！當你將一切都準備好了，那勇氣自然比別人足。

俗話說的好：一天不練，自己知道；二天不練，內行人知道；三天不練，全世界都知道。下的功夫深，天塌下來都不怕。

改變意味著挑戰

一旦聽到與你準備引用的名人，最好立刻把內容換掉，改另一位名人；如果真的無法改掉、就要設法從另一角度來講述這位名人事蹟，切忌用相同的人、相同的故事，這會讓評審覺得「你真的沒有其他人事物可說了嗎？蒐集的資料太少了喔！」

世局變化無窮，我們唯一能變的就是自己，勇敢的改變通常是你準備的充分所以沒在怕。面對挑戰可能達到的效果，遠比你撐在那裡選用和別人一樣的例子要來的高招，變出新的東西會讓人耳目一新。

新觀念顛覆舊思維

多多多觀摩別人，模仿是學習的第一步。觀摩別人的演說，看錄影也好、現場觀摩當然更讚，就是要觀摩別人是怎麼發揮題目？怎麼鋪陳與陳述自己的觀點？

歷年全國演說與朗讀比賽都有錄影，而且可以購買，網路上稍一查詢，你就可以發現了。（別問我販售所得歸誰？我只知道在填寫報名表時選手們必須另行簽定「著作權授權書」，意思就是你在這場比賽中的演說、朗讀、作文及書法等的著作權，已經屬於比賽主辦單位啦！）

我會請學生仔細觀察別的演說選手的儀態、音調、表情和肢體語言，看錄影的好處，就是可以隨時暫停、倒帶、再看一遍；你可以一句一句跟著複述、學習聲情的表現，也可以一段一段分解了來練習。

接著請學生把觀摩對象的演說內容寫出大綱，從分析別人的演說大綱中，了解口說作文的組織架構，寫一寫別人的演說稿大綱、再分析一下，人家為何如此呈現？想一想，如果是你，你又會如何安排敘述的順序？多做幾次架構的分析，你會發現自己成長頗快喔！

每一種成長都必須要經歷衝突

想要引用名人事蹟前，請先查證清楚明確，不可只憑一模糊印象就胡亂加油添醋，也許台下的評審，正是對你所提出的名人頗有研究呢！張冠李戴、隨便說說，可是會被看出來的呦！

比賽中也許會遇到你的偶像喔，因為有很多老師會受邀當評審，某次國賽中評判委員正是某位選手所唱歌曲的作者，當次共有兩位選手演繹，當下勝負立定。

琢磨的技術

千萬不可以把別人的演說內容原封不動的搬過來用。有些人在看了別人的演說之後，覺得那篇真是太好了、或是那個引用真是太美了，就把它背了起來，準備下回也拿出來用。

請不要忘記有個叫做「著作權」的規定；再者，評審老師一定對若干年之內的演說都看過了，連筆者這樣記憶力不太好的人都能告訴你，你「借用」了某年某名次的演說內容，聰明又眼光犀利的評審們當然也都清楚記得了啊！在全國賽的場合，「借用」別人的演說稿是貽笑大方的事。所以，觀摩的方向要對，應該學的是內容組織架構、表現手法

和儀態，千萬不能照本宣科，像影印機般複製。

但是，老師還是得告訴你，若真的準備的不夠，那麼請內化你隊友的準備資料，因為他們所準備的都是培訓過程中被老師指導並修改過的稿件，學生組的俗諺語將是成人組的大補帖。只是如何運用的好就得多磨練技術了。

心態重於技巧

同一個題目，最少最少都要練講三次。正所謂：「文章不厭千回改」，演說也不怕千回練。說「千回」是誇飾法，其實，同一個題目練三遍，就會發現箇中差別了。一個題目，不要以為講完一次就沒事了，聽過指導老師的講評、再回頭看看自己練習的錄影片段；凡是自覺有不足、可以修改的地方，就要統整起來、重新安排之後，不吝惜時間精力、再講一次。就算是對著這同一個題目，砍掉重練，重起爐灶去詮釋它，也是不錯的練習。

去年賽後選手們和我約好一同賽後檢討，但一比賽完大家就鳥獸散。其實，全程看轉播的老師為何要到現場？因為要告訴你問題出在哪。如果沒找出問題如何改進呢？也許，自認的完美正是你最大的敗筆。例舉 106 年教師組，當選手一下題，老師就從椅子上跌下，如果一開始便偏離主題，後面又拉不回來，那兵敗如山倒，當選手開心的走出會場，並稱自己應有前六，對比預料中開出的成績，只能說還是虛心的請教一下老師們，或仔細聽一下評判委員的講評吧。

痛苦過後美麗自會留下

有些人覺得題目已經五花八門、包羅萬象了，這麼多不同的題目、每題一練、練都練不完了，哪有時間力氣去對同一題一講再講呢？其實針對同一題目多次練習，換來的不只有精熟一個題目而已，你可以再多次重覆練習中，對聲情、肢體語言的表現有更深刻的體認，進而對自己說話表達的方式有更精準的掌控。

批評是你修改進步的原動力。我最喜歡說很好，因為那我將會變成人見人愛的老師，但沒有批評的過程你會忘了那個需要修正的自己，每一年都會有家長跟我反映，覺得自己的孩子已是縣市的第一為什麼還要改稿？多數是因為不捨孩子功課忙碌還得重新背稿。但面對比賽張力更大的國賽，市賽層級的某些稿子真的是難登大雅之堂，可曾想過市賽只抽

一篇比賽，那麼另外兩篇並非當天抽中上臺一定還是第一，老師也不愛改稿，今年曾指導過的教師組老師傳來三篇文章，我把內容全都重寫，我能體會無法下筆的無奈，但要怎麼收先那麼栽。

別活在自己的象牙塔裡

現在智慧手機普遍、人手一機隨手錄影也很容易，我們要善用高科技的優勢與便利。以前只能要求選手對著鏡子說話，結果許多選手只能窩在家裡的浴廁間練習、或對著臥室裡的穿衣鏡練演說，偏偏浴室和臥室給人的環境氛圍差太多，常常講到「感覺怪怪的」。現在可以在正式的講台上練演說，用手機錄影起來，自己慢慢觀看，既方便又可以重複看；甚至於利用網路傳輸，把自己的演說錄影傳給指導老師……遠距教學於焉產生。

建立群組演給你們看，去年除了客語，國、閩語都要求我加入他們的家族群組，最後遍地開花，我們這種人罵起來比別人兇，今年去評審有一個大學生跑來縣市幫忙，一見我就恭敬的行了個禮，他說我去年他參加市賽的講評讓他對演說有了新的發現。這幾年，這樣的情況一直困擾著我，要把

學生拉出來最好的方法是告訴他們你錯在哪，但講評時間有限，坦白說有些縣市是友情相挺，可能很少有餓著肚子未收分毫的評審經驗吧，但發掘人才提點後進真的是一大樂事。

走出自己的風格，如文章一看便知作者是誰，如書體一見便知宗派。

人的自信並非與生俱來

回顧自己的演說錄影，需要很大的勇氣，是一種深刻的內省功夫。

許多人在一開始總是打死也不願意回顧自己的演說錄影（倒是對觀摩別人的錄影興致高昂），心理上覺得彆扭。但，回顧一次、勝過盲目練講多回啊！

建立群組還有一個好處，你可以重新回顧別人給你的建議，不過下次見到別忘了跟對方說聲謝謝。自信除了來自學識之外，也能從重複的練習中累積，例如說一個原本很難挑戰的轉音，經過不斷的練習聽到老師說這次對了，一下子信心十足，之後面對相同的挑戰將會更有自信。

往往指導老師說了某口頭禪要拿掉、身體姿態會習慣性的歪一邊或只用一手做手勢等等，演說者自己毫不自覺或總改不掉，看完自身的錄影之後，才能真切的改變它。

自我推銷三步曲——推銷、行銷、暢銷

推銷：要讓貨品賣的出去，它的功能性在哪很重要。你能告訴別人你跟其他人的論點不同在哪裡？適度的包裝是重要的。上場前總喜歡幫學生找國賽當天的戰袍，但很多時候學生總有自己的認知，有時若真因戰袍價格不斐，往往都得親自割肉賣血，有時選手穿了之後覺得不錯，只得血本無歸，好的賣相是第一眼印象，把全世界最貴的衣服配上最貴的珠寶，不一定配的上最美的你，因為只有最貼切的穿著，才能美的冒泡。

行銷：好的推銷還得有行銷的管道，準備的愈加完整，在碰到艱困的題目也能讓人暫時失意，一場評審下來無法無時無刻精神百倍，唯有擔任過不同角色最能抓出時間效益下表現的最完美程度，抽中幾號，會是幾點幾分上台都可經過精算，甚至若去開領隊會議者詳加注意，在抽號的同時皆能抓出前後序號的參賽人員名單，便能擬出作戰方略，量身訂

製出較好的呈現方法。

暢銷：要暢銷可得下功夫，畢竟第一名只有一位，最終也只有六位能上台領獎，讓人不給你都覺得對不起良心，只要你能用正向的心態、比別人努力、認真的準備、開心的上場，哪能不熱銷。

二、燕雀焉知鴻鵠之志

學藝要先「拜師」，這裡所謂的「拜師」，並非一定要找一位老師來教，如果真的沒有老師可教，如何是好？

很簡單，先在心中設定某位你曾為之折服的演說者（或教學者），在心理圖像中，時常浮現他說話的樣貌，自然而然，你的動作表情與表達方式，就會有了那人的影子；此為「拜師」（有點兒當年孟子私淑孔子的味道，孟子自稱以孔子為師，他們可是相差了兩代人，根本來不及見到面呢！）。

再則買本夠用的工具書，適合自己的，有時名師的方式

不一定適合自己，練給好朋友瞧瞧，也許身邊的他或她們，能幫你飛上雲端。

不要輕看自己

「拜師」是快速建立自己風格的一種方式。雖然另闢蹊徑、自成一家是演說的最高境界，但面對那迫在眼前的講台，有時「拜師」是個不錯的捷徑，它可以讓你穩穩地上台、順暢流利的演說之後，又能微笑的下台。

一旦上台，要相信你是最好的。所有目光都在你，你就是最佳男、女主角。其實你能做的比你所知道的還多。104年的國賽，我帶了一個身高並不高的國中生，他看起來比我帶的小學生更像小學生，但是他每次練習都到，當年度他是我唯一全勤的學生，果不然學生組就他擠進頒獎台，賽後他與教師組的老師一同拿著獎牌來謝謝我，只要肯下功夫，你就會成為最好的。

天底下沒有不勞而獲的事

有些發音不太標準的選手，也可以拿朗讀選手的錄影來

練習。照著朗讀者朗讀的發音，一字一句跟著唸，最後練習用自己的聲情來表現同一段話。這樣多練習幾次，糾正發音的速度可以加快。

學習不限一位老師，學習也不限一種方法，最重要的是要誠心學習、願意修正自己的缺點。如果真心實地是願意修改，則自然能改；若只是心不在焉、被迫而為，則神仙來也難救。

在前幾年的比賽場上有這樣一段告白：請各位評審一定要給我第一名，因為我很想要第一名。最近網路上瘋傳一部影片，一個在公車上讓座給老人的求職者，因看見稍後跟她面試的主考官穿了和她先前讓位的老人一樣的鞋襪，以為兩人是同一人，因此期望她在求職上可以有意外的加分。但她失落了，因為結果那是不同的兩個人。本份以外你比別人努力以赴的額外才是你的資本，天上掉下來的多半不會是禮物。

記住你的敵人是誰

參加語文競賽，演說、朗讀、書法、字音字形和作文五

項都該練一點，語文競賽的項目針對讀說寫作而來。項目為演說、朗讀、書法、字音字形和作文。

身為選手多多少少還是要涉獵一下其他項目。因為你的敵人最終只會有一個，那就是回到你自己的身上。戰勝自己，不用五項全能但若五項皆能那必戰無不勝。

化繁為簡

練演說的選手，也該練練朗讀藉此矯正發音、練聲情；更該練作文用以練習解題、擬大綱。學習精練你的文字，如散文化為詩意境之美。

練朗讀的選手，也要練字音字形，以免抽到一整篇有太多生字的文稿，連查字典的時間都不夠；那就糗大了。

以簡馭繁

練字音字形的選手，也要練書法。不但要擁有一筆好的、書法級的硬筆字，還要求寫字的速度夠快，這樣通篇字形結構勻稱的答案卷，會讓閱卷老師批改順暢，也減少因筆

畫錯誤而被扣分的機會。

練作文的選手，書法固然要練，演說的鋪陳方式也要學。

練書法的選手，書法講究通篇文字要有「文氣、筆意」，練字音字形和作文，可以讓書寫者更明瞭整篇書法內容之意境，使得通篇書法更活躍。

所以啊，當你練某項比賽練煩了，換換練習方式也不錯，說不定還會有新發現喔！

三、忘記一切向標竿挺進

關於演說，最重要的還是內容。翻開演說比賽評分規則來看：

語音（發音、語調、語氣）佔 40%，

內容（見解、結構、詞彙）佔 50%，

台風（儀態、態度、表情）佔 10%

仔細分析，語音和台風部分應該是平日練習就可以準備充分的，內容部分就要好好探究了。

你的目標只有一個，害怕也得往前衝，拋開一切，向目標挺進。

感動別人先感動自己

內容是演說的靈魂，一篇好的演說，自然是內容打動人心。

從演說內容評分項目來分析，評分項目包括「見解、結構、詞彙」。所以個人見解很重要，演說時提出的見解想要能出奇創新，有獨到的見解，就是靠平日的積累，除了多閱讀之外，多發表也是很重要的。

閱讀是將別人的觀點內化後、分析思考、打開視野廣度、增進思考深度，讓所閱讀的內容成為自己觀念的一部份；但如果只是「讀」（輸入）、卻沒有「講或寫」（輸出），還是會有滿腹經綸、卻不知從何說起的窘態。

所以，「輸入」固然重要，「輸出」也必不可少。

作品的生命力

剛開始的「輸出」練習，不論是練習說或是練習寫，可能一下子不成篇章；不要想一步登天，正如俗諺所說：「飯要一口一口吃、路要一步一步走」，剛開始面對演說題目時，可能只想到一、兩句名言佳句或俗諺，沒關係，先把它記下來。再用擴散性思考的聯想方式，先做聯想。

當聯想歸納成整篇演說的骨架之後，一段段建立起有血有肉的內容。那自然就讓作品有了生命。

四、跑完全程比跑第一重要

既然參加的是客家語演說比賽，就該把客家語說標準。

有句俗話說：「演什麼要像什麼。」同樣道理，參加哪一種比賽，都該遵照那項比賽的規則，別自作聰明的把比賽規則曲解了。我常聽見選手在客家語的演說比賽時摻雜華語

或英文，甚至是英文縮寫簡稱；及前文提到的選手自作聰明帶了一朵玫瑰花，打算演說開頭拿那朵玫瑰花當道具；這些舉動，除了不能夠幫你達到加分的效果，甚至可能會成了扣分的關鍵。

「客家語」演說，就是用教育部頒定的「客家語」來演說。既不是網路通行的火星文，也不是家常閒聊時的搞怪聲調，至於古音、方言音、有學派爭論的字音，也不要拿來挑戰評審的權威，一切的發音都要以教育部頒定的客家語電子字典為準，否則只是跟自己的比賽成績過不去。

演甚麼、要像甚麼，既然參加教育部主辦的比賽，就該用主辦單位認可的方式；比賽選手切忌自行定義或想要與評審辯論，贏了不會加分，輸了只是自己打臉難看。

演說，著重在說。「演」字是形容「說」，不能帶道具上台；甚至於進入規定的比賽場，連電子產品、網路設備都不能帶進場，更遑論使用搜尋或投影、影片一類工具了。這是和 TED 或坊間電視節目演說達人秀等等最大不同處。

坊間電視節目為求節目效果，甚至容許演說者與觀眾互

動、問答、應和。這些在正規的演說比賽中都是不允許的。

有些人覺得這樣規定太嚴苛、不符合時代潮流。我個人倒覺得這才是最公平的比賽，大家都只能依靠自己平日的準備應戰，不靠谷歌大神或其他外來援奧，觀眾更不能左右演說者的表現。

再回過頭討論為何不能用引用英文或其他方言、外國語文等非客家語的語彙？

基本上外來語會都有相對應的翻譯，如 i-Phone，能直接簡稱叫做「手機」，Microsoft-Word，簡稱叫作「文書處理系統」；除非像李安導演的大戲「少年 PI 的奇幻漂流」，真的非常特例、沒有把 PI 翻譯成客家語，才可以講「PI」，其他基本上有客家語對應翻譯的語詞，就不要再用英文來說。

也曾有選手問我，如果演說中間穿插了一段老阿嬤的對話，難道要把生動的語音轉成字正腔圓的口條嗎？這倒不必，適時適切很重要，如果是在演說中重現某一特定人物對話，內容比例一定要掌控好，畫龍點睛的一兩句會讓人印象

深刻又不失大雅，用多了卻不討喜。

總而言之，參加的是客家語演說比賽，就請用完整的口型、一字一句發標準客家語的音，好好地進行你的演說吧！這樣，才能讓人眼睛為之一亮，知道你是認真的，不是充數的。

深層的文化涵養

即席演說的一大挑戰，在於它的「無差別格鬥」；從社會組到教師組，一律抽題、準備三十分鐘後，上台演說。

至於所抽的題目方向？基本上橫跨天南地北、縱貫古今中外，沒有一定的題材方向，還是有相應的準備方法。

分析歷年的考古題是基本功課，但是每一年，都會有新題目產生，所以只研究歷年考古題是不夠的。

但是從分析歷年考古題目，可以讓選手在準備的過程中，有一定的把握和信心，所以，在練習基本功的準備中，有些內容方向一定要準備周詳。

用宏觀的眼光看世界

演說是發抒自己的觀點、陳述自己的見聞、發抒自己的感思，其中就算博採眾人的意見之後，仍是彙整成自己的觀點。所以，演說常從「我」出發。但是，「我」有小我大我之分，層次是很重要的，眼光遠大，立論自然能成其大我，也才能讓聽眾有所感佩。

其次，人人都愛聽故事、不愛聽說教，想一想，台下的評審之所以能擔任評審，無一不是學有專精的箇中翹楚，平時想必也是對著其他學生諄諄教誨吧！

「講道理」對台下評審來說，可是家常便飯，演說的選手們又怎好在魯班門前弄大斧呢？你自以為完美、無懈可擊的講道理，在評審老師們面前，可能卻是掛一漏萬、破綻百出呢！最好的方式，是「說故事」。即席演說從社會組的五分鐘到教師組的八分鐘，真的也不構成其一篇駢四驪六、四平八穩的論文，最好還是用兩個小故事來串連一個與題目相關聯的概念，只陳述一個概念就好，故事不妨帶得生動些，這篇即席演說就能引人入勝了。

第二章

內容就是你致勝的關鍵

一、追本溯源的成功法則

二、出類拔萃

三、修辭技巧

四、話多與話好

五、邏輯清楚

六、文氣暢達

七、培養帶得走的能力

八、生命資料庫

九、觸類旁通

十、扣人心弦，目不暫捨

十一、生命體驗騰然躍上講臺

十二、幽默感成就曠世巨作

一、追本溯源的成功法則

「設問法」是很多作文專書中喜歡提到的方法，它能勾起讀者的興趣、也能在讀者內心產生呼應；因為文本內容無法當面見到讀者、只能由作者與假想的讀者對話，而文本到了讀者的手中，就變成了讀者與想像的作者對話。

在這樣的心理歷程中，紙本上的設問，就是作者跳出文字的框架，直接伸出一隻手握住讀者思緒的技巧。

針對人類天生喜歡追求答案的本性，設問法提出的問題，正是引領讀者追尋答案的利器。

而演說中的提問，因為聽眾就在眼前，提問者（演說者）也不需隱藏，直接就該給出一個回答。

結構完整

正所謂「魔鬼藏在細節中」，提問的方式、提問的問題，要能緊扣人的心弦。

然而千萬不要將題目改成問句丟出來，那樣就是浪費了一個大好的機會。而且只會讓評審覺得你在說廢話。

層次井然

提問，最好是把自己想要強調的觀點暫時隱藏一下，用「換句話說」的方式，將觀點用問題的方式拋出，可以達到讓人印象深刻的效果。

大火快炒

舉例來說：如 104 年小生組講題為「得人惱个烏蠅」若是用提問法來破題，千萬不要說「每個人都看過烏蠅，你知道烏蠅嗎？」這就是廢話一句了，還可惜了一個驚天動地破題的好機會。

迅速出菜

在許多人印象中的廣告都是強力推銷各種產品，不論你是否真的需要，他們都想盡辦法在廣告中誘導觀眾，你們會想要這產品。這樣的下題方式：你看過不推銷產品的廣告嗎？我看過。而那則廣告也成為最吸引我的一則廣告。

當聽眾們還來不及回神時，自然的走進了你的講題，這就叫神不知鬼不覺。

繁榮落盡見真淳

前述兩段例句都是用自問自答的設問法來陳述，但是後面這段陳述比前一段更吸引人，成為一個讓人眼睛一亮，感到要興趣往下聽的開頭。

若能舉出近期發生過的案例，則將更能引起評審的認同，並以題目為論述主軸，以期藉案例記取教訓。

104 年，國小組第一名文化國小蘇亭瑜同學，「得人惱个烏蠅」烏蠅一入文的聲加上寒毛菇就分企的景，讓人聲情都有了，果然引人入勝奪下第一。

二、出類拔萃

因為選手們常孜孜矻矻的練習著一篇又一篇的題目，所以一定累積了許多的觀點和故事，但是，比賽時只能說一題啊！於是有些人會迫不急待地在演說時間內塞滿了先前準備

的段落、抛出一個又一個主題，急著想要展示給評審老師看。

其實，一次塞進太多的內容，在一篇演說中，是演說的大忌。它會模糊了所要陳述的主題，甚至於讓聽的人一頭霧水，不確定你說的到底是講哪一項？大雜燴的結果是會讓人覺得離題了。

因材施教

專屬的量身訂做，每個選手專長不同，只有抓出自己的長處，才能夠奪下好的成績，否則離題演出恐怕神仙難救。

「離題」是個可怕的字眼，它意味著，你的演說已被屏除在評比之外，「離題視同表演、不予計分。」想想，這豈不是得不償失嗎？

所以，選手在演說時要抱定一個想法：

我的東西很多，我的演說可以多面向、全方位。但是，今天抽到的是這個題目，所以我單就這個題目來述說；如果你覺得我的演說很吸引人、想要聽我講其他的故事，就請下

次囉！

比賽型的選手

比賽型的選手遇到比賽隨手拈來，愈是緊張的比賽愈能激發他們的潛能，這樣的選手需提防開高鐵，一開始就趕速度，比賽前要注意提醒放慢速度，也得擔心時間超過或不足。

徵文型的選手

徵文型的選手內文舖陳太過小心，要提防長篇大論，有的選手平常拿麥克風一拿就一堂課，一說話就教條，要提醒避免說教，準備時間需要較長。

截然不同的特質

不同的組別使用的教法也要不同，所以建議將學生組跟成人組分開培訓，有達收到較好的成效。

沒有泥土哪有花

沒有準備好的培訓團隊恐難締造出好的成績。有好的團

隊能幫助選手讓選手安心準備，並且幫忙選手到達最佳狀態。

身心皆自在從容應戰

準備好的團隊、準備好的選手、準備好的獎盃，一切都準備好的身心狀態從容的等待上台演說，一切都自然順心。

三、修辭技巧

平鋪直敘，看到「平鋪直敘」四字，有人會覺得，那是最無聊的。其實未必。

雖然是平鋪直敘，但可以用一段對話、描述一個畫面、形容一陣聲音或氣味等作為開頭。

1 分鐘內破題

如：轟隆隆的火車經過月臺的震動聲、夾雜著幾段高昂的氣笛聲、月台上熙來攘往、急著尋找車班、行李、或走散的同行親朋好友、彼此叫喚的聲音，都成了一段默劇的背

景。那段默劇，逐漸佔據了所有的嘈雜空間，我開始聽不清周遭的聲音，只剩下默劇中的心跳；我被「緊張」牢牢抓進了暗啞的深淵。

切入主題

上面所敘述的，也就是「平鋪直敘」法，但是這段話語，會讓人想要繼續聽下去，一點也不覺得乏味。對於情境的詳盡敘述使之活靈活現，使評審能親臨其境感同身受。

帶出內涵

從容的表達，不急不徐的態度，讓聆聽者感受你文字的脈動。聽者在接受你的舖陳中，也能感受到作品的內涵，進而產生共鳴。

臨門一腳

在比賽的過程中，不只是一場體力與耐力的長久戰，如何能在機會來臨時展現你的努力成果，能適時的臨門一腳除了有加分作用，也能讓人耳目一新。客家語的演說中，如能善用俗諺語除能彰顯專業亦能拉近感情，會有不錯的效果。

言簡意賅

簡單的描述，讓人聽的懂又能切中核心，除了可以加速完成內文引導效果所謂引人入勝，舖陳的過程要讓人舒服的進入我們所引導的主題。

四、話多與話好

有些人說話讓人聽來睡意倍增，沒有結構的說話不只缺乏說服力，也會讓聆聽者倍感壓力。

才思敏捷

平日就要培養自己思考的能力，平時我們的思考模式都為水平式的思考法，如能訓練在車輛行駛的過程中，每看見一個物體就能迅速的聯想，那在一般的日常生活中就能自我訓練。

若要進階版，可常做筆記增加閱讀的廣度，腦中的資料庫有物，當然也就會才思敏捷言之有物了。

扣人心弦

要懂得抽到的題目大家要的是什麼？十分鐘以內的演說要做到扣人心弦，最主要的功夫就是時間的鋪排，掌握好故事的時機點，必能有餘波讓人心蕩漾久久不去。

感人肺腑

要感人肺腑通常自己的故事最動人，選手在陳述自己的心酸血淚時總能讓人有感同身受的覺察，只是在描述的過程中得掌控好自身情緒，以免無法自拔。

穿著要端莊，不可隨便。

雖然參加演說比賽不是奧斯卡頒獎典禮，沒有紅地毯排場，但是畢竟它是個正式的比賽，為表示應有的尊重與禮貌，穿著還是要有一定的講究。雖然頒獎典禮上女明星總是穿著袒胸露背，開高衩，超低腰，珠光寶氣的晚禮服，但那裝扮只適合某種場合，不適合參加全國語文競賽。

把握一些基本原則：女士最好有領子、有袖子、裙長及膝（過長與過短都不適宜）。男士則以襯衫領帶、西裝長褲為標準配備；服儀皆以乾淨整齊為主，頭髮千萬不要披散一邊，蓋住半邊臉（你認為的浪漫，會被打槍為「像女鬼」）。

鞋子以不露腳趾、腳跟為原則，身材較為嬌小的演說者，不妨選擇鞋跟有點高度（約一至兩吋）的鞋子，站起來亮相時比較有氣勢。

首飾等裝飾品請適量，戒指、耳環、項鍊等非必需品，不要讓自己站上去叮叮噹噹的像棵聖誕樹。

男士請刮乾淨鬍鬚，除非你一向保有特定造型的鬍子。

高中組以下女生不建議化妝，除非你化的是看不出來的「裸妝」。尤其是口紅，年輕小女生自有無敵青春的天然顏色，真的不需要畫蛇添足的加上口紅，只讓人覺得刻意又突兀。但是，二十歲以上的女生請薄施脂粉淡妝，表示社會化的尊重。

熱忱

演說不是相聲、也不是專題演講，不能帶任何輔助工具，因為演說不是單純的表演，在練習的過程中展現你對演說的尊重，對人與人之間的互動，舉例來說人外有人，就算你真的覺得天下無敵了，謙虛還是成功的不二法門。

曾對指導的選手說：你輸在驕傲。一個長期睡在地上的人，會比任何人都珍惜床鋪的輕柔，保有對事的熱忱，遠勝過其他。

說出真心話

善用你的手勢和肢體語言。說你想說、該說的，是想說且該說的，意思就是該說的真心話，什麼是不該說的？違反常規、爭議性大的，此刻還是不說的好。

最後用「你自己」這個人，來打動所有聽眾。

五、邏輯清楚

抽題後的舖陳邏輯是否清楚是演說成功否的關鍵，清楚的邏輯讓人感覺有條不紊，回顧所有第一名的文稿無一不是條理分明。

如法

如法炮製：相同的文題能夠使用相同的排比，只是要反覆的演練。讓自己在平日多訓練，抽到各文類想怎麼排列，第一名的舖陳也是因為平日下的功夫，多寫作是有幫助的，能訓練你文章的舖陳能力。

切題

如果很難抓到題目的題意就無法切題，補救的方式就是查辭典，抓到了題意才有辦法切題。去年帶的教師組選手，抽題後一直到結束比賽，她都覺得自己很切題，有時候自我感覺良好是沒有用的，多閱讀、多聽、多講、多聽別人意見，能讓你更能抓住核心並轉換成自己的意見。

訣竅

別想太多，單純的就題目下單，脈絡自然清楚。

複雜的極致就是簡單

想太多無助於演說的自然表達，十分鐘以下的演說順暢的表達省時又能確保聽者明白聽懂，比起講了半天沒人聽懂，自是前者來的要好。

返璞歸真

自己發生的故事最引人入勝，有些演說者的故事一聽就知道是網路上抓下來的，自己的故事除了說來清新，還能讓人有新鮮感。與其花時間去編纂故事信手拈來的更真實更真誠。

六、文氣暢達

多讀古籍仿傚古文會讓你慢慢練就自己的文筆，雖無法七步成詩也能自娛娛人。除了讀也要試著寫，多唸會順，多寫不鈍。

演說的質感

質感來自於肚子裡面東西夠不夠多，多的滔滔不絕文思泉湧，若平日不積累詞到用時方恨少，自然能增加質感的部分就言之無物了。

縝密的訓練

練練練勤奮的練，一練四勤教給你。

練腦：多走出去，每見一物就問，別讓腦袋罷工了。見多識廣。

勤讀：多看多閱讀也要多閱讀，看多就會見怪不怪。

勤說：要試著說出來，從別人的反應你會發現問題出在哪。

勤寫：看別人寫的自己也寫，今天寫的跟昨天寫的有什麼不同？寫久了組織能力也增強了，試著投稿。

勤思考：多想，但可別走火入魔，簡單的圍繞著主題。

七、培養帶得走的能力

量力而為，知識的吸收能載重多少就帶多少，別把自己逼瘋了，現在手機人手一機，記錄是好的獲得知識的門路之一。

經驗知識的千百種可能

從臺北到高雄怎麼去？飛機、船、車、步行皆可，只是我們選擇了哪一種，經驗知識也是，隨處皆是善用百變。

套裝知識的標準化格式

把知識標準化是面對反應較慢的選手，或是投機的選手格式化的模式。將不同類別的文稿定義成演說段落，一旦抽到該文類時照單出菜。

平日累積的真功夫

窮則變，變則通。去年轉型正義的題型傻了一堆選手，此時平日累積的資源就很重要，多剪報看別人說些什麼，是有必要的。

訓練思考的爆發力

平日思考要快、狠、準。核心價值抓的速度要快，下標要狠，掌握聽者的注意力要準。

快速引燃的乾薪

叢林生火是第一要務，但溼木難著火，沿途有乾柴方能燃烈火。當頭棒喝效果最好一開始就抓住目光，成績不好都難。

慢煨心熟

好的演說除了快、狠、準，還得有慢火的時候才不會快火乾燒，那就是鋪陳的重要心法。

譬喻：如滔滔江水綿延不絕，說一下就有影像。

誇示：壓垮駱駝的稻草，死的都被你說成活的了。

轉化：換句話說，消除緊張，轉換立場。

八、生命資料庫

生命的歷程中多的是發生在我們周遭的小題材，那都是我們演說的素材，也是我們重要且直接的資料庫。

培養國際觀

多看多閱讀，看國際上發生什麼事，人生在國際村，海洋垃圾會飄到臺灣，空氣與大氣引起的溫室效應，多的是取材的良方。

啟動自我成長的契機

多說、多寫、多看也是一種成長，累積下來的無形資產。

所向無敵

比別人早一天做，別人追你愈難。剛工作時同事以我為目標學習我的工作態度，直到有一天他跟我說他跟我一樣了，其實當時我已經升到比他高階，他追的是他剛認識時的我，那你呢？準備好了嗎？

英雄造時勢，時勢造英雄

拿到了才真的是你的。一個教師組的選手選擇休息一年，明年才參賽，結果當年度競爭者少，等到隔年一堆人報名，他又沒準備好沒拿到代表權，機會是留給準備好的人，當你準備好提把，我才有機會順勢拉你一把。

天道酬勤學海無涯

認真的做好功課，你永遠不知道會抽到什麼，如果抽到八田與一和臺灣的關係，請問：八田與一是誰？學海之廣唯勤是岸。

九、觸類旁通

題目範圍很廣，我們該怎麼辦呢？

舉一反三

要有舉一反三的能力，尤其題目一抽到別困在自己的死胡同裡。

說得多不如說得好

一句話能說明的，別長篇大論。

說得好不如說得巧

要說到心坎裡讓人舒服，比說好話更能巧奪天工。

感人肺腑全力以赴

當我們決定要讓自己背上了縣市第一的頭銜之後，接下來我們所代表的就不只是自己了，在這相當短暫的時間裡面，去完成別人認為不可能的任務。全力以赴然後用生命寫下奇蹟。

鍛鍊

這幾年，老師希望能引發的是一種態度，一種對自己生命負責的態度。我們要給所有的第二名一個交代，也為你們肩膀上所扛下的第一名頭銜，做最好的詮釋。因為有一個鍛鍊過後的第一名已經在國賽的成績單上開花結果。

累積

沒有辛勤耕耘的過程與艱苦，是無法揮汗收割的。這讓我想起曾經帶過的選手一家人，晚上風雨無阻的到臺北，等待我從忙碌的事務後回到臺北的住所。冬天下著雨的深夜陪孩子練習，坐到店家要關門了——的趕人，孩子忍住睡意、放棄考試對這個比賽的堅持，終於在國中跟高中都拿下了全國第一。

陶鑄

孩子們幫我上了一課，不負眾望一舉拿下了全國前六，賽後多少人爭相分享他們的成就。十年寒窗無人問，我一點一滴的看在眼裡。因為寒風中打溼了我們的身，卻堅強了我們的心。

十、扣人心弦，目不暫捨

相較於培訓多且早的縣市，他們有更多的時間去準備跟調整，國賽張力不比市賽，其間的過程是一場毅力與耐力加上決心的戰鬥，對你比賽的對手跟您自身都是。我，仍肯定的告訴大家，會帶領大家一起前進國賽。所以也為大家訂了作業進度，那是我認為最保險拿下名次的做法。

培訓起決定未來的一年，努力以赴的天數換一年再重新來過也算是公平的吧！上天把選擇權回歸給各位，但若你放棄了，昂首企盼的市賽第二名明年亦將捲土重來，機會還是會站在你這嗎？還是我們又再來一次，我就是縣市的第一，怎樣的戲碼？我們總是輕易的放過自己。

快樂的情緒可以提高腦內的多巴胺，一旦身心活絡必然事半功倍

孩子有勇氣面對，快樂能夠提升學習。也許演說只是一個對大人的交代。那麼請安心的回到你們的生活軌道上，這本來就不是青澀年華的我們，所該承受之痛。

放下民族情懷，捨棄個人的想法。回到學校，你能自豪的告訴大家，你是全國第七，因為只公開的是一到六名。但親愛的，那個痛是會跟著你的，曾經帶過的孩子，因為一次

的敗北，終身不願意再接觸到演說的場域者大有人在。

曾經孩子在賽後打電話給我說：老師，我好想自殺。我才知道，原來自己的責任不只是老師，更是你們背後支持走下去的推手。牽起手走下去我們都不孤獨。

演說的脈絡

校門口那個賣早餐的老闆娘，見我高站在學校二樓的穿堂，還不及脫去圍裙急忙揮手熱情的招呼！她的孩子是前些年我帶過的朗讀選手，每次的指導日我總會站在店門口，等待學校學生都下課了才進入到校園。有一天，一個孩子靦腆的從店裡面走出來，拉著我的衣角，這平日不太愛說話的學生羞澀的拉我進入店內，老闆娘說她已經打量我好幾個星期，想了許久才敢出來邀平常高瞻不敢一視的老師。承蒙學生賜坐，我結束了每天半個多小時的罰站，也還好面對這陌生的男子每日站崗，媽媽說她還差點報警呢！

就如同今年市決賽，一同擔任評審的老師，發現我出現在評審席上，她開心的說：老師太好了，有你在我跟新北的陳老師就不用講評了。之後講評完，開放大家提問題，一個

新的嘗試，年來各縣市的評審邀約日繁，選手的問題也大多能立即給予正面的回饋跟建議，然而這次還是第一次有工作人員舉手提問，對發音所引發爭議的部份，他說他一直找不到人為他解疑。回答了他的問題之後，他的笑容開了，我打趣的跟他說：我明年要看到你報名喔！

失衡拉向平衡

數日忙碌，未善盡責任做好教材的不安，抗拒睡神的招手，起身做了 44 頁的講義。有時，我真把自己當神一樣的使用。凌晨，一頁一頁的彩色列印，有我滿滿的期待。隔天選手們驚豔的眼神，讓我知道我的累，是值得的。

雖然沒睡幾個小時，但我一如往常，總是第一個到達上課會場，我深怕哪個和我一樣早起的孩子，因為興奮早到，卻不見有人迎接，而有失落的感覺。別說不可能，因為我就曾經是那個失落的孩子。七點多的仁愛連鳥兒都因風雨晚起，數年前的早晨，我在另一所學校的大門口等待開門，當選手一家人出現在雙線道外的那一頭。從此，我跟這個咱家奶奶的故鄉綁在一起，分也分不開了。不能否認，我在等待的時間裡，不時望向單向道的彼方，期待著另一個早起早到

的選手出現。警衛親切的揮手：「洪老師你也太早了吧！」同車的老師訝於我連警衛大哥都那麼熟悉之餘，殊不知這些年我已無償，默默的當那個別人口中的呆子多年了。

建立自我價值

永遠記得那個悠閑的午後，走在人潮洶湧的海邊，一個親切洪老師的呼喚聲音，讓我驚覺自己穿的太輕鬆了，我的背影被明智的父親認出，並且熱情的將我拉進店內，孩子安靜的幫店裏坐櫃檯，身旁是我上課時為他們準備的演說導引教材。原來教育！真的是那麼任重而道遠，而這也正是支持我一路走下去的動力，也是孩子們教會我的。我們從未放棄彼此，那日評審時鄰座的評審問我說：怎麼辦，他沒當過評審是第一次。我開玩笑的說：所以我們才會一起啊！賽後評審的講評我列舉了選手們的 44 項缺失與給的建議，他見我在評分表上逐一且完整的記錄了選手的優劣態樣。賽後特別用車載我去車站，並詳問我，他心中長久以來對字音的疑惑，不捨我下車的情感滿溢。

十一、生命體驗騰然躍上講臺

第一天的集訓，選手們只有 3 個準時到達。我們展開了國賽演說的 42 天抗戰，謝絕了評審的邀約，只為了遵守指導老師不能擔任評審的國賽規定。且不管別人的作法，我們認份的做好我們的本職，在公平的場合裡用我們的努力，來承續客語的續命力。

日久他鄉變故鄉。我用行動告訴後輩，善盡自己的責任。十幾年前，我和那群自認對客語有責任的熱血戰友們，開啟了我對客語的大夢。而今，我仍堅守著這樣的承諾，且不管他們是否還在無私的奉獻所學，至少這條路上，還有你們全都陪伴著我一起前行。從獲獎被禁賽、擔任指導老師、獲邀擔任評審，從參賽選手與評審老師不同的角色，從臺灣頭到臺灣尾、從本島到離島，從臺灣到出國擔任國際華語競賽，我也是唯一獲邀出席擔任評審的臺灣人，從一個最高行政機關主管退休到至政大任教，和學生一同沉浸在浩瀚的學海中，客語承續著死去的祖母和母親給我的血脈責任。所以，我不再缺席。

讓評判先生醍醐灌頂

結尾要有力又漂亮，善用黃金 30 秒，適切引用名言是加分的契機。通常演說在最後一分鐘通知鈴聲響起前後，要準備做結尾了。

有些人習慣把前面各段的演說標題再複述一次，以加深評審的印象，也算是扣題；有些人則直接再複述一次題目，告訴評審：我是前後呼應。最等而下之的，則是又從題目開了新論點，以為這是出奇招的「壓箱底絕活兒」；其實奉勸大家，結尾是總結以上所述，並非開新論點的好時機，如果你有讓人亮眼的「尚方寶劍」，請一開始就放進你的演說內容中。曾經有學生告訴我，他常常在演說到了快結束時，會有新的想法跑出來，覺得不用可惜，就順勢提了出來，成了結尾的新觀點。我會跟學生說，那就請你把剛剛想到的新觀點再組合一次，重頭練習整篇演說，務必把你想要講的放在演說「之中」，而不是在結尾時突然天外飛來一筆，卻又因為時間不夠、無法詳細闡述而讓人覺得奇怪。

想要有漂亮的結尾需要多練習，適切的引用名言佳句固然加分，但如果只是「為引用而引用」，佳句與前面所講述的內容不貼合，則反成敗筆，倒不如平鋪直敘來的好些。

十二、幽默感成就曠世巨作

幽默感能夠讓人感覺親切。有一個指導的選手因為長的較為壯碩，演說的過程中用幽默感來話身材，那一年全場都笑了。他也上台笑著拿下全國第一。

鳳凰花開時

請記得莫忘初衷。比賽前的種種煎熬、一次次練習、一篇篇筆記、都是為了上台那一刻而準備。

緊張固然難免，但是若平時準備充分、練習夠多，自能沖淡緊張。帶著你的「秘笈」、穿上你的「戰袍」、整理好自己的儀態，昂首闊步走進比賽場吧！自信很重要、氣勢很重要，自信與氣勢建立在先前的練習之上。

好的例子就像甜點偶兒吃來滋味特好

好的例子你愈說會愈順愈有自信，舉例舉的差你自己都說的心虛，平日就要累積小故事，教師組抽到教學題，與班上學生的互動信手拈來都是好範例。

讓句號變成驚嘆號

詳閱比賽規則很重要。全國語文競賽從初賽、區賽、市賽到全國賽，一路上來，最後能擠身進入全國賽的選手，莫不身經百戰；許多老師也是一年一年教導著選手，大家都對比賽規則熟爛於胸。所以，比賽前領到一本「選手參賽手冊」，也多是匆匆放進行囊中，以茲紀念罷了。

殊不知，魔鬼藏在細節中。此次千萬不要因為自己經過多次比賽、更多次的練習、再加上記不清次數的檢討。所以，不用再浪費時間複習規則了。規則，雖然每年大同小異，但這些小小的相異、修改處，就可能成為是否進到前段班、能否獲得更高榮譽的關鍵！就算比賽規則沒有改變，多看一次，加強提醒自己，也總是好的。

每當選手們剛報到完畢，進入選手休息室等待時，因著興奮的情緒，坐立不安、四處探索者有之；忙著寒暄、到各處串門子的亦有之；儘忙著賽前衝刺、不停練習者亦所在多有；在這樣喧擾吵雜的氛圍中，要想定下心神，需要花費很大的精神力氣；而即席演說選手是最無所依憑的，既沒有範文可讀、也沒有範字可練，更沒有講稿可背；看來最無所事事的一群，就是這些即席演說的選手了。但是他們卻需要一個能安定心神的契機，除了禱告念佛之外，最好的由外而內安定心神的方法，就是「閱讀選手參賽手冊」了。

當你一字一句讀著比賽規則與注意事項時，如果某一段話念完了，還是覺得囫圇吞棗、不解其意，不妨停下來，回頭去念第二遍、第三遍；這對了解比賽規則的用意、鎮定自己的心神，都有莫大助益。常常，惶惶然深受周圍興奮的賀爾蒙刺激的年輕選手們，在念完選手參賽手冊之後，就能初步鎮定下來；這比指導老師辛苦解說引導還容易讓選手進入狀況。

第三章

從澎湃的心湖轉為篤定的語調

一、記取教訓積極突圍轉進

二、口語表達的魅力

三、勝利方程式

四、良好的設備讓你身歷其境

五、全套的國賽服務

六、運用優勢的人力資源照顧選手

七、吸取別人的經驗

八、創新自己的體驗

九、平凡小人物的成功奇蹟

十、活脫脫的搬上螢幕

一、記取教訓積極突圍轉進

我常跟選手們說，比賽名次是一回事，開心比名次重要；但若是真的能微笑上台、開心的下台，通常名次也不會太差。

因為國賽資格取得不易，參賽選手都是各縣市比賽的第一名（人口眾多的直轄市——六都，都分南北區，南北區各派一名選手，也還是六都南、北區的第一名），所以競爭相當激烈。於是，國賽評分準則不是只評判出前幾名即可，而是要將選手們排列名次，從第一名排到第二十八名，分數不得重複，名次也必分順序。為求分數確實，每一組別都邀請四位評審，四個分數是可以整除的，就是為了評分無疑義。

雖然名次並未公布，但是用名次換算而成的積分，卻可以查得到。積分一覽表會由大會直接公布在比賽網站上。

微笑上台是因為準備充分、胸有成竹，很清楚自己要演說的是什麼；等到講完之後，因為對自己的表現感到滿意，自己做了一段讓人印象深刻的演說、任務圓滿完成，所以能

開心的下台。

要想達到「微笑上台、開心下台」的結果，「勤練習」是不二法門。

你覺得練多少才算「勤」？筆者常言：有的選手連續參賽兩、三年，每天都在練，而我從出生那天就開始在練了。

演說的硬底子軟實力

硬底子是你平日訓練的扎實度，功夫到位那上場從容不迫。軟實力是你肚裡的東西夠不夠多，墨水多如行雲流水，水到渠成。

念茲在茲永不滿足的精神

如果你永遠覺得自己不足，那就會一直去取經累積自己的資源，那壯碩的資料庫將讓你更強大，築霸愈深愈穩固。

審題

一抽到題目要先瞭解題目，下錯方向神仙難救，所以審題是重要的，成敗的首部曲。

立意

一旦確定方向就直接破題而且絕對不要拖泥帶水，可以呈現出你的整個論述，讓緊湊的語言有節奏感。

在演說中，為了讓聽眾印象深刻，並能緊緊跟住演說者的描述節奏，所以大部份人常用「破題法」來開始演說。

破題通常會有幾種技巧，讓人覺得氣勢磅礴、或者理論玄妙。

清晰有條理的本論是整個演講內容論述的主軸，更是整個演講的重心所在，所以講稿的條理一定要夠清楚，思路也要力求分明，使你的言論有力，而且能夠打動人心，常見的本論論述有下列幾種方法：

❶ 佳句排比逐層遞進法：

既然佳句名言無法完全貼切的為我所用，那麼自創些佳言美句總是可以吧？自創嘉言美句也是一個好方法，最好在自創的佳言美句中，善用排比、層遞和押韻，就更完美了。

❷ 相對關聯法：

用相對關聯法可以創出許多耐人尋味的佳言美句。

本論的導入要由淺入深，並且由遠而近的逐步說明，使講稿言之有物、言之有序，條理清晰也能讓評審留下深刻的印象。演講者若能從小處著眼，並以全民為終極的目標，逐層遞進必能引人入勝。

布局

至於演說稿的佈題方法與舖陳，如何掌握住題目的要旨，使演說內容言而有物，那就是必須要圍繞在題目的中心思想。

將思想條理、清楚、合理的歸納整理，使文路分明，如此才能獲得聽眾的認同與獲得評審的青睞。

二、口語表達的魅力

好的口語表達讓人淺顯易懂，自然散發出的魅力無人能擋。

反覆鎔鑄、淬鍊方能磨出天下無雙的利劍

刀不磨不利，要成鋼必淬鍊，天下沒有白吃的午餐，還是得勤練才有出頭的一天。

三、勝利方程式

光說不練也沒用，選手偷懶的時候動力哪裡來呢？

專業的教師

專業的指導老師是不可或缺的，除了戰前分析、提醒，還最好具備寫稿、發音糾正、找出選手特色、陪練、督促、分憂、解勞等等，記得前幾年有一個選手賽前父親上了報紙的頭條版面，為此她的父母特別到臺北跟我解釋，希望能確保孩子安心上場。專業的教師有時還要兼任保母的工作，是選手最大的靠山。

為讓選手安心上場，我都自費到國賽現場陪伴選手，臨陣當靠山。

比賽必勝客

演說稿必須具備條件：

1.豐富的知識：
過去、現在與未來，政治、經濟、教育各方面。

2.有深度的想法：題目衍生的話題。

3.強而有力的組織：因果為什麼與該怎麼做。

4.即席演說可再加上迅速的應變與好的組織架構。

績效達美樂

將組織系統化，即席演說無法事先預設題目的範圍，但為使組織系統化，從筆者多年的比賽與評審經驗，觀察後整理出抽中題目後，可將整個演講內容分為以下幾個段落：

1. 別出心裁的開場：

選手可以先將結合區域的開場白事先構思好，必能穩住開場的氣勢，並有助於消除一開始上台的焦慮。

2. 鏗鏘有力的引論與立論：

演講的內容就如同構思一篇作文，引論的部分是用以導入主題，所以在破題上要鏗鏘有力。立論的部分要能引導到題目的主旨，此時演講者準備要論述的方向就會明確。如果方向太多，就容易流於雜亂無章法；面向太少又會讓內文流於見解狹隘的弊端，當中分寸的拿捏，又需以演講者內心擁有多少材料作為定奪。

3. 名言錦句法：

如能加入大家耳熟能詳的俗諺語，必能增加演說內容的強度，並且能增添內容給人的說服力，演講者若能引用了與題目相關的諺語作為引入題目的破題，就很有說服力。

引用名言要注意適切性，更要注意這段名言是否曾經被斷章取義了。

引用名言可以從平時養成習慣，練習將一段話用自己的句子說出來，然後去尋找和自己意思貼切的名言，再引用名言、將它放入自己這一段講詞中；如此多練習幾次，就更能適切流利的引用名言在自己的演說語彙中，這樣講起名言佳句才不會顯得突兀。

至於名言佳句如何尋覓？平常多閱讀是最根本的辦法。閱讀之後勤做筆記，才能將那些流過眼前的字句攔截下來，並且活用之後才能成為自己的一部分。當然在現今搜尋引擎發達的現在，可以直接搜尋關鍵字「名言佳句」，你會發現跳出千萬筆資料使人目不暇給。但是千萬不能照單全收，還是需要細細挑選，仔細考據一下；誤用了，就是貽笑大方。

用過去的教材教導現代的我們

善用故事，用實例具有科學的說服力，如果能引用到最新的研究數據則更令人折服。倘若一時之間真找不出相關的數據，也可採用故事，經由故事的敘述增加內容的真實性。

人人都愛聽故事，就連最正統的八股文也講究引經據典、有典有故；說故事、舉例子，會讓你的演說或作文內容更吸引人。

說故事有各種方法，故事內容更是可長可短。三、五句話可以說一個故事，整整一大部長篇小說也是個故事；其中如何拿捏取捨，就是說故事人的功力了。

別禁錮在知識的象牙塔裡

原則上，大家耳熟能詳的故事，要簡單說。聽眾會自行「腦補」，多說了只是讓人覺得敘述節奏太慢、拖時間而已。

最佳的選手

做人莫要強出頭，那演說比賽要高調還是低調？筆者認為當然是要高調了，否則還要比賽嗎？直轄市的規範是每個單項得派出兩位選手，那麼不管是第一或第二，分南北區的就得各區的第一，所以掌握好狀況如是不分區的那第一跟第二都相同具有代表權。曾有縣市的選手每次市賽某甲都是第一，某乙都是第二，但甲就覺得奇怪為何國賽的名次下來乙都在甲的排名前。

乙知道自己輸了這一場，得要好好努力以赴才有機會勝出，自然花了更多的時間去練習，也花更多時間去找出自己的缺點發現別人的優點，筆者還是學生時有兩個很好的朋友，在一次校內的演講比賽中，曾獲全國賽第一名的女同學和同場以激烈演說方式的男同學並列第一名，那場比賽我的

兩個好朋友用一鋼一柔的方式都拿下了第一，我雖輸了比賽卻參與了那樣的一場盛會，對參加演的說我的確是開了眼界，第二並不可恥，能從經驗中擬定自我的目標然後向前，才為未來開啟了無限的可能。面對自己的結果，虛心檢討，提升自我，比浪得虛名來的珍貴。

好的演說選手必備膽、識、才、力四大根基

好的演說選手要膽識過人、學識飽滿、才氣逼人、耐力非人，具備以上資源戰績輝煌。

膽識大：去年的國小組選手看上去很穩，但當天國賽報到後整個人都笑的不自然了，有時候大場面震撼力大，若膽識大那表現就會穩如泰山。

台風佳：台風穩一站上去就有大將之風，穩紮穩打。

學養豐：學養豐富說起話來自然頭頭是道。

見識廣：見多識會廣看事情的角度會更獨到。

人才帥：帥氣、美麗讓你有自信，別人看你也是精神抖擻，乾淨清新。

口才溜：口才順溜說起話來不拖泥帶水，讓人耳目一新。

活力足：等待的過程還能持續有力，一上場馬力十足不贏都難。

魅力夠：眼睛有神魅力十分，馬上吸引人的目光。

四、良好的設備讓你身歷其境

漫長的國賽前培訓隨著十幾次的課程結束來到了成果驗收日，各組的培訓老師組成了賽前評審模擬團，展開兩次的模擬賽。為了建立選手們的信心且因賽事就在眼前，老師們和諧的講評比起培訓時的毒舌讓人倍感溫馨。

終於到了出發的那一天，一大早所有的人集合上了遊覽車，指導老師所有秘方全都出籠，從潤喉到養聲、從詢問前一天晚上睡的好嗎到臨時的再惡補，畢竟這硬仗可是關係著他們各自的業績呢，終於等到人都到齊了，遊覽車也順利的上了高速公路，所謂臨陣磨槍不利也光，那些認真的選手可

不是利用這機會去遊覽觀光的呢。到達會場對長途奔波的選手的確是項考驗。

培訓場所

培訓後期儘量把場地布置的跟國賽場地一般，讓選手提前體會比賽的氛圍。

完善的後勤支援

走位：

走位一詞是指選手到要比賽的場地熟悉場地。

現行比賽場地分左進與右進，視主辦單位排定會公告於選手手冊中，特別提醒的是規則中有提到，所有預先公告的規則等拿到選手手冊時若有抵觸以選手手冊公告為主，所以選手於報到時通常會由各縣市承辦人統一報到，選手到各縣市休息區領取大會紀念品外，選手證為換取比賽證之依據，另一個重點就是選手手冊，選手拿到選手手冊後必要詳加研讀，並將內文中重要部分摘出，若有疑問立即提出讓各縣市領隊於賽前最後一次領隊會議中提出，如無其他事項應立即往比賽場地集中。

所謂往比賽場地集中是乃走位時各縣市選手短兵相接，為免初試啼聲的選手為浩大的國賽場面嚇到，建議能夠團隊一起走位，以某年國賽為例，筆者曾親眼目睹某組選手陪同走位者四十餘人，倘若年輕比賽選手見狀與自身無人陪伴相比冷暖立見，當天比賽都是各縣市首選，但除了縣市的第一，人氣指數也是一絕。每一年的比賽規定一再修訂，以去年為例曾發生選手要求撤掉教室內木質講台的情況。經大會決定撤掉後，許多已先走位的選手已經離開，所以根本未能在場地沒講台的情況下練習走位，是否對選手造成影響因人而異，如若你是會受到影響的，那麼還是多等一會，並積極的詢問是否能有重新走位的可能，去年的國賽主辦單位有酌情給予時間。

走位三個重要的要素：

位置：

座位：確定比賽自己的座位，選手手冊內有各選手位置分配圖，依自己的位置衡量所攜帶的物品數量。確認位置進

出便利性，確認座位椅子是否牢固，切莫等到第二天更換影響比賽心情。確認位置到抽題處的動線，抽題、計分等工作人員的相對位置。

預備位：預先計算出自身比賽序號，大約會坐在哪個預備席，因現行比賽未規定選手要由前而後坐上預備席，所以以預備席六位而言，七號的位置就是一號選手預備席的位置，前面的選手就預備席後便可推算出自己預備席的位置，倘若大家依序入座那就更能先期掌握。

進場準備位：自預備席被叫號準備出場後，從容的走到第一位評審老師旁，將所抽到的題目交給第一位評判委員，從容行進在離半步左右立正下腰，雙眼微笑雙手遞送題目紙，給予親切的微笑亦可輕聲謝謝評判委員，起身後緩步自信的站上進場準備位的方格內。提神、靜氣、調整自己的呼吸，有的選手會緊張的大口呼吸，恐將會影響到上場時的配速，所以請平日就可自行練習。

就定位：全國賽因為是實況轉播，承包廠商會將定位後調整出最佳轉播機器的角度，選手自進場準備位至定位處應於走位時測量出步數，若非整數乃因每個人的步伐不一樣大小，小生組跟成人組尤其差距甚大，先行量測後決定以墊步或滑步方式進場，至於以何方式最美最有自信也關係到比賽者的心情。進場準備位上調整好後，筆者的習慣是會回首看一下場上的參賽者，給個微笑輕點頭看看評判委員，也是示意我要上場了，同時能夠確認評判委員已打完上一位選手的成績，眾人放下手邊工作靜待你的演說，此刻前行到定位後轉向正面，待就定位後再進行下一個動作。

演說完成就定位：演說是左上左下、右上右下，所以你從哪邊上去就是循原路返回，至預備位拿回資料後就可回座位。

試音：

每位選手的音量大小與音質都不同，除調整自身聲音的大小外，走位時還有一個重點，那就是空間的大小會影響到場地的回音，有些比賽因為要取得那麼大的比賽場實屬不易，所以所有的教室都得成為場地，選手得利用走位時機試出最佳音效，筆者擔任評審時曾因選手音量太小內容有大半無法順利收聽，所以特別提醒。

試膽：

人們常說「一日不練自己知道，兩日未練專家知道，三日未練全世界都知道。」尤其是年紀小的選手，一下子面對廣大的國賽孩子，還沒上場就嚇壞了，市賽時打敗了自家縣市的選手，但國賽時面對的是各縣市的第一名，震撼教育可想而知。有些縣市選手為了避免賽前感冒還會全程帶著口罩直到上場當天才摘下。讓選手在事前先看過前幾年比賽的帶子有助於掌握敵情外，也能擇優學習。

某次帶領的高中生國賽選手，因其於年前國中時榮獲全國賽閩南語演說國中組全國第一，走位當天家長帶著走位時被另一縣市選手認出，竟當著該生面前，兩位選手背完該生之前獲國賽第一的全篇講稿，而且一字不漏，該生於是年的比賽中，因前一日走位事件久久不能入睡，導致隔日比賽失常。這個比賽的可惜之處就是你要報仇的話，隔年要先取得縣市的代表權才有機會華山論劍。

筆者自身的經驗是，在國賽走位時某位其他縣市的選手見我，先是禮貌的行禮說：洪老師您的帶子我們都看過了，都快成為國賽的示範帶了。我開懷的回答說：「那老師明天

就要好好的驗收一下。」該員無趣的走了，雖是陳年往事，但倒是能成為選手們很好的教材。

自學生時期有幸歷練學校司儀、大隊指揮，於任事後歷練閱兵指揮官，能淡視當下狀況之能力，亦為歷練所得，對於涉世未深的學生選手而言更加不易，賽前千變萬化帶隊老師隨機應變，方能獲得最好的結果。

走位當天團體成員建議團進團出，筆者於國賽時曾發生因賽事場地就在隔壁縣市，隊友因家住比鄰堅持自行前往，不料當日因車潮而延誤了報到時間，就那兩分鐘遭到取消資格，非但連最後一名還能加的那一分都沒有，還給人留下了無法信任的不安感，對爾後的參賽權也留下了變數。比賽當天紛亂，能先找到當天穩住軍心的場地有助於掌握賽前的練習狀態，能否有幫助成敗立見。

完整的歷年情蒐

比賽前我會分析參賽者的分布，各縣市出賽選手的資經歷，並為選手擬定攻擊策略，由分析中讓選手深知他們的對手優缺點，所謂知己知彼百戰不殆。

歷年題目大解密

全國語文競賽，客家語演說各組規則與歷年題目

◎全國語文競賽，客家語演說國小學生組規則：
（依往年全國語文競賽實施要點所訂）

（一）競賽時限：

演說：國小學生組每人限 4 至 5 分鐘。

（二）競賽內容範圍：

客家語：國小學生組講題 3 分題採事先公布，在競賽員登台前 30 分鐘就已公布講題，親手抽定 1 題參賽。

（三）競賽評判標準：

1.語音（聲、韻、調、語調）：占百分之四十。
2.內容（見解、結構、詞彙）：占百分之五十。
3.台風（儀容、態度、表情）：占百分之十。
4.時間：超過或不足時，每半分鐘扣均一標準分數一分，不足半分鐘以半分鐘計。

國小學生組歷年題目：

民國 95 年 (2006) 全國語文競賽客家語演說題目【國小學生組】

編號	題目
1	介紹客家人常用个招呼話——正來料
2	介紹客家人常用个招呼話——恁久無看著
3	介紹客家人常用个招呼話——恁會早

民國 96 年 (2007) 全國語文競賽客家語演說題目【國小學生組】

編號	題目
1	偃最快樂个事情
2	假使偃係小學先生
3	逐暗晡食夜个時節

民國 97 年 (2008) 全國語文競賽客家語演說題目【國小學生組】

編號	題目
1	偃失敗个經驗
2	做過个一件好事情
3	偃印一象最深个一堂課

民國 98 年 (2009) 全國語文競賽客家語演說題目【國小學生組】

編號	題目
1	學客家話盡快樂
2	偓盡想畜个動物
3	偓當好看个電視節目

民國 99 年 (2010) 全國語文競賽客家語演說題目【國小學生組】

編號	題目
1	偓最想去位尞个位所
2	下課个時節
3	偓最好看个一本書

民國 100 年 (2011) 全國語文競賽客家語演說題目【國小學生組】

編號	題目
1	先生無在教室个時節
2	偓生日个時節
3	偓係有一萬銀會想愛做麼个？

民國 101 年 (2012) 全國語文競賽客家語演說題目【國小學生組】

編號	題目
1	發風搓个時節
2	𠊎仰般做值日生？
3	放寮个時節

民國 102 年 (2013) 全國語文競賽客家語演說題目【國小學生組】

編號	題目
1	𠊎最關心个事
2	落雨天
3	考試个前一日

民國 103 年 (2014) 全國語文競賽客家語演說題目【國小學生組】

編號	題目
1	放寮个時節
2	𠊎最好上个課
3	轉屋个路項

民國 104 年 (2015) 全國語文競賽客家語演說題目【國小學生組】

編號	題目
1	得人惱个烏蠅
2	𠊎最好食个客家菜
3	𠊎个同學

民國 105 年 (2016) 全國語文競賽客家語演說題目【國小學生組】

編號	題目
1	大家來綯粽仔
2	鬧熱个運動會
3	𠊎个班導師

民國 106 年 (2017) 全國語文競賽客家語演說題目【國小學生組】

編號	題目
1	𠊎个好朋友
2	𠊎會抲大人鬥相共
3	𠊎頭愛賞个物件

民國 107 年 (2018) 全國語文競賽客家語演說題目
【國小學生組】

編號	題目
1	懷念个一擺旅行
2	吾个興趣
3	遶夜市

◎全國語文競賽，客家語演說國中學生組規則：
（依往年全國語文競賽實施要點所訂）

（一）競賽時限：

演說：國中學生組每人限 4 至 5 分鐘。

（二）競賽內容範圍：

客家語：國中學生組講題 3 分題採事先公布，在競賽員登台前 30 分鐘就已公布講題，親手抽定 1 題參賽。

（三）競賽評判標準：

1.語音（聲、韻、調、語調）：占百分之四十。

2.內容（見解、結構、詞彙）：占百分之五十。

3.台風（儀容、態度、表情）：占百分之十。

4.時間：超過或不足時，每半分鐘扣均一標準分數一分，不足半分鐘以半分鐘計。

國中學生組歷年題目：

民國 95 年 (2006) 全國語文競賽客家語演說題目
【國中學生組】

編號	題目
1	都市同鄉下介比較
2	隔壁介同學
3	心情不好的時節

民國 96 年 (2007) 全國語文競賽客家語演說題目
【國中學生組】

編號	題目
1	爺哀對𠊎个希望
2	𠊎最愛去尞客家莊
3	有志氣毋驚路頭遠

民國 97 年 (2008) 全國語文競賽客家語演說題目
【國中學生組】

編號	題目
1	一枝草一點露
2	讀書摎運動
3	生活從省儉做起

民國 98 年 (2009) 全國語文競賽客家語演說題目
【國中學生組】

編號	題目
1	學勤三年，學懶三日
2	𠊎个休閒生活
3	𠊎仰般保護目珠

民國 99 年 (2010) 全國語文競賽客家語演說題目
【國中學生組】

編號	題目
1	從一則社會新聞講起
2	影響𠊎最大个一句話
3	介紹一部電影

民國 100 年 (2011) 全國語文競賽客家語演說題目【國中學生組】

編號	題目
1	過年个時節
2	㑇个國中生活
3	做事之前多愐一下

民國 101 年 (2012) 全國語文競賽客家語演說題目【國中學生組】

編號	題目
1	保護環境共下來
2	㑇仰般面對困難？
3	人勤地獻寶，人懶地生草

民國 102 年 (2013) 全國語文競賽客家語演說題目【國中學生組】

編號	題目
1	網路同㑇
2	㑇參加過个客家活動
3	㑇對客家諺語个體會

民國 103 年 (2014) 全國語文競賽客家語演說題目【國中學生組】

編號	題目
1	偓想對爺哀講个話
2	偓印象最深个一句話
3	做人愛實在

民國 104 年 (2015) 全國語文競賽客家語演說題目【國中學生組】

編號	題目
1	偓仰般面對升學壓力
2	偓有一隻夢
3	毋怕事難，只怕人懶

民國 105 年 (2016) 全國語文競賽客家語演說題目【國中學生組】

編號	題目
1	五月節過忒就換七月半
2	看天時過生活
3	學好三年學壞三日

民國 106 年 (2017) 全國語文競賽客家語演說題目【國中學生組】

編號	題目
1	面書（Facebook）
2	一個人个時節
3	𠊎仰仔規劃自家个讀書時間

民國 107 年 (2018) 全國語文競賽客家語演說題目【國中學生組】

編號	題目
1	𠊎所知个客家美食
2	食飯个禮貌
3	休閒活動个重要

◎全國語文競賽，客家語演說高中學生組規則：
（依往年全國語文競賽實施要點所訂）

（一）競賽時限：

演說：高中學生組每人限 5 至 6 分鐘。

（二）競賽內容範圍：

客家語：高中學生組講題 3 分題採事先公布，在競賽員登台前 30 分鐘就已公布講題，親手抽定 1 題參賽。

（三）競賽評判標準：

1.語音（聲、韻、調、語調）：占百分之四十。
2.內容（見解、結構、詞彙）：占百分之五十。
3.台風（儀容、態度、表情）：占百分之十。
4.時間：超過或不足時，每半分鐘扣均一標準分數一分，不足半分鐘以半分鐘計。

高中學生組歷年題目：

民國 95 年 (2006) 全國語文競賽客家語演說題目【高中學生組】

編號	題目
1	𠊎對客家話介感情
2	一枝草一點露
3	幸福在𠊎介手中

民國 96 年 (2007) 全國語文競賽客家語演說題目【高中學生組】

編號	題目
1	未來个希望扼在自家个手上
2	𠊎有過錯个時節
3	影響𠊎最大个一本書

民國 97 年 (2008) 全國語文競賽客家語演說題目【高中學生組】

編號	題目
1	人愛有感恩个心
2	天地恁闊自家行
3	做人愛講信用

民國 98 年 (2009) 全國語文競賽客家語演說題目【高中學生組】

編號	題目
1	行萬里路，勝讀萬卷書
2	𠊎最懷念个一介人
3	讀書同/摎運動

民國 99 年 (2010) 全國語文競賽客家語演說題目【高中學生組】

編號	題目
1	𠊎係後生人，𠊎拒絕毒品
2	從「大學恁好考」，談𠊎未來个人生計畫
3	疼惜地球，尊重自然

民國 100 年 (2011) 全國語文競賽客家語演說題目【高中學生組】

編號	題目
1	𠊎理想中个大學生活
2	𠊎看日本 311 大地動
3	𠊎最需要解決个問題

民國 101 年 (2012) 全國語文競賽客家語演說題目【高中學生組】

編號	題目
1	肯定自家，欣賞別儕
2	食人一口，還人一斗
3	𠊎最欣賞運動明星

民國 102 年 (2013) 全國語文競賽客家語演說題目【高中學生組】

編號	題目
1	𠊎想讀仰般个大學
2	當有意義个客家節日——三十暗晡
3	食水愛念水源頭，食果子愛拜樹頭

民國 103 年 (2014) 全國語文競賽客家語演說題目【高中學生組】

編號	題目
1	影響𠊎最深个人
2	𠊎所知个一位客家名人
3	一個高中生个心聲

民國 104 年 (2015) 全國語文競賽客家語演說題目
【高中學生組】

編號	題目
1	紹介家鄉个名產
2	偓最需要改進个問題
3	愛仰般來省電省水

民國 105 年 (2016) 全國語文競賽客家語演說題目
【高中學生組】

編號	題目
1	惜花連盆，惜子連孫
2	偓个大學夢
3	眼看千遍，毋當手做一擺

民國 106 年 (2017) 全國語文競賽客家語演說題目
【高中學生組】

編號	題目
1	人手一支手機仔
2	盲學行先學走
3	退一步天闊地闊

民國 107 年 (2018) 全國語文競賽客家語演說題目
【高中學生組】

編號	題目
1	一年四季亇感動
2	後生不肯學，老來無安樂。
3	地要日日掃，田要日日到，書要時時讀。

◎全國語文競賽，客家語演說教育大學及大學教育學院學生組規則：

（依往年全國語文競賽實施要點所訂）

（一）競賽時限：

演說：教育大學及大學教育學院學生組每人限 7 至 8 分鐘。

（二）競賽內容範圍：

客家語：教育大學及大學教育學院學生組講題 5 分題採事先公布，在競賽員登台前 30 分鐘就已公布講題親手抽定 1 題參賽。

（三）競賽評判標準：

1.語音（聲、韻、調、語調）：占百分之四十。

2.內容（見解、結構、詞彙）：占百分之五十。

3.台風（儀容、態度、表情）：占百分之十。

4.時間：超過或不足時，每半分鐘扣均一標準分數一分，不足半分鐘以半分鐘計。

聞呼號（開始計時）後應即登臺演講，如超過一分鐘不上臺者，即以棄權論。

演說題目與所抽題目不符者，視同表演，不予計分。

教育大學及大學教育學院學生組歷年題目：

民國 95 年 (2006) 全國語文競賽客家語演說題目 【教育大學及大學教育學院學生組】

編號	題目
1	唔驚路長，淨驚志短
2	在家千日好，出門半朝難
3	唔聽老人言，食虧在眼前
4	家和萬事興
5	眼看一千遍，唔當動手做一遍

民國 96 年 (2007) 全國語文競賽客家語演說題目
【教育大學及大學教育學院學生組】

編號	題目
1	偓對客家風俗民情个了解
2	行自家个路
3	偓對鄉土語言教學个認知
4	現代教師要具備麼个能力
5	客家「晴耕雨讀」精神个現代意義

民國 97 年 (2008) 全國語文競賽客家語演說題目
【教育大學及大學教育學院學生組】

編號	題目
1	偓對推行客語教學个看法
2	客家人居住環境摎客家文化个關係
3	愛仰般發展客家文化產業
4	家有萬金毋當藏書萬卷
5	偓對客家電視節目个看法

民國 98 年 (2009) 全國語文競賽客家語演說題目
【教育大學及大學教育學院學生組】

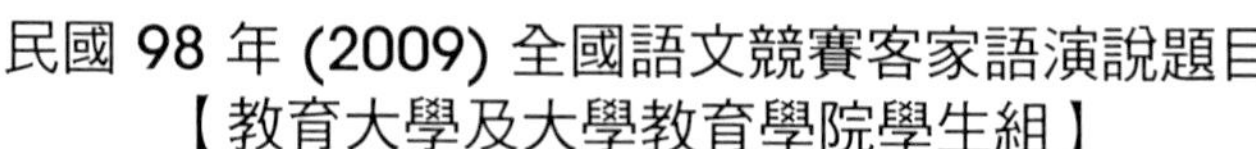

編號	題目
1	愛仰般保存摎發揚客家文化
2	自恨枝無葉，莫怨太陽偏
3	尋頭路靠實力
4	俚對臺灣教育改革个看法
5	仰般提高臺灣个母語教育

民國 99 年 (2010) 全國語文競賽客家語演說題目
【教育大學及大學教育學院學生組】

編號	題目
1	教學環境恁困難，仰結煞？
2	俚仰般教導「新臺灣子」
3	知足最滿足
4	現代人愛有救地球个認知
5	俚係有志氣个客家子弟

民國 100 年 (2011) 全國語文競賽客家語演說題目
【教育大學及大學教育學院學生組】

編號	題目
1	人愛人打落，火愛人點著
2	談包容同（摎）尊重
3	田作毋好荒一年，子教毋好害一生
4	俚對學校霸凌事件个看法
5	歸身用名牌，毋當涵養好內才

民國 101 年 (2012) 全國語文競賽客家語演說題目
【教育大學及大學教育學院學生組】

編號	題目
1	仰般培養學生「惜福」个觀念
2	子愛幼時教，竹愛嫩食拗
3	做事難，做人還較難。
4	心口忠信，出門人敬。
5	愛仰般做一個好先生？

民國 102 年 (2013) 全國語文競賽客家語演說題目 【教育大學及大學教育學院學生組】

編號	題目
1	偓對先生身項學著个幾項事
2	從教育个角度，來看客家民間信仰——敬伯公
3	偓係客家人，關心客家事
4	肯做牛，毋驚無犁好拖
5	從教育个角度，來看客家民間信仰——清明掛紙

民國 103 年 (2014) 全國語文競賽客家語演說題目 【教育大學及大學教育學院學生組】

編號	題目
1	臺頂三分鐘，臺下十年功
2	人怕無志，樹怕無皮
3	偓參加過个客家活動
4	人生最重要个事
5	偓對男女平等个看法

民國 104 年 (2015) 全國語文競賽客家語演說題目【教育大學及大學教育學院學生組】

編號	題目
1	現代教師愛具備麼个能力
2	仰般利用客家好文化來提升社會風氣
3	拜阿公婆个意義
4	面對未來愛培養仰般个能力
5	網路世界摎人際關係

民國 105 年 (2016) 全國語文競賽客家語演說題目【教育大學及大學教育學院學生組】

編號	題目
1	有錢施功德，無錢拈開竻
2	前人種樹後人涼
3	𠊎對月給 22K 个看法
4	仰般面對「有時星光，有時月光」个人生
5	甘蔗食了一目正一目

民國 106 年 (2017) 全國語文競賽客家語演說題目【教育大學及大學教育學院學生組】

編號	題目
1	做事愛有要領，講話愛有重點
2	氣候變遷對生活个影響
3	仰仔面對「頭路無穩定」个時代
4	神仙打鼓有時錯，腳步行差麼人無
5	多學多問正有學問

民國 107 年 (2018) 全國語文競賽客家語演說題目【教育大學及大學教育學院學生組】

編號	題目
1	人情世故
2	錢財如糞土，仁義值千金
3	交人愛交心，聽話愛聽音。
4	洗面洗耳角，掃地掃壁角。
5	人會算，天會斷。

◎全國語文競賽，客家語演說教師組規則：

（依往年全國語文競賽實施要點所訂）

（一）競賽時限：

演說：教師組每人限 7 至 8 分鐘。

（二）競賽內容範圍：

客家語：採即席演說，在競賽員登台前 30 分鐘親手抽定 1 題參賽。

（三）競賽評判標準：

1.語音（聲、韻、調、語調）：占百分之四十。

2.內容（見解、結構、詞彙）：占百分之五十。

3.台風（儀容、態度、表情）：占百分之十。

4.時間：超過或不足時，每半分鐘扣均一標準分數一分，不足半分鐘以半分鐘計。

聞呼號（開始計時）後應即登臺演講，如超過一分鐘不上臺者，即以棄權論。

演說題目與所抽題目不符者，視同表演，不予計分。

演說時間不足或超過，每半分鐘由監場人員負責扣均一標準分數一分，不足半分鐘以半分鐘計算。

雖然每年全國語文競賽的主辦縣市均不同，近年來客家語即席演說的命題趨勢，可稍微整理出命題的類別及命題趨勢的變化，所謂鑑古知今，從往年的命題中可作為選手準備時的模擬試題，以下將近年來教師組及社會組競賽題目分列：

教師組歷年題目：

民國 95 年 (2006) 全國語文競賽客家語演說題目
【國小教師組】

編號	題目
1	樣般將童謠編做客家語教材
2	樣般將山歌編做客家語教材
3	樣般將俗諺編做客家語教材
4	樣般將流行歌編做客家語教材
5	介紹幾種當有特色个客家語音
6	介紹幾種當有特色个客家詞彙
7	介紹幾種當有特色个客家歌謠

8	介紹幾種當有特色个客家節日
9	介紹幾種當有特色个客家花仔名
10	介紹幾種當有特色个客家樹仔名
11	介紹幾種當有特色个客家草仔名
12	介紹幾種當有特色个客家蟲仔名
13	介紹幾種當有特色个客家魚仔名
14	介紹幾種當有特色个客家鳥仔名
15	介紹幾種當有特色个客家地名
16	介紹幾種當有特色个客家菜名
17	人愛衣裳，佛愛金裝
18	桂花無風十里香
19	後生愛肯學，老來正安樂
20	學懶三日，學勤三年
21	培養好介生活習慣
22	我對才藝班介看法
23	我看勞動教育
24	如何善用社會資源
25	談品德教育
26	談知識教育
27	學生家長對學校教育介影響
28	我對現行教師調動制度介看法

29	假使我係校長
30	現代教師介使命

民國 95 年 (2006) 全國語文競賽客家語演說題目【國中教師組】

編號	題目
1	教師介社會地位
2	談做中學先生介感想
3	我對人本教育介看法
4	家長，學生同教師
5	教好書過贏食齋念佛
6	我對客家桐花的看法
7	我所了解介客家電視節目
8	做一介快樂介客家人
9	多子好種田，少子好過年
10	做人愛拿得起，放得落
11	生活中介趣味
12	我麻有夢
13	減少壓力介方式
14	我介收藏
15	教書以外介生活方式

16	我對現下社會現象介觀察
17	隔壁鄰居
18	我最懷念介先生
19	樣般保存客家文化
20	客家精神－晴耕雨讀
21	客家人介衣食文化
22	客家人介住屋特色
23	客家語係活化石
24	客家語介文字化問題
25	推廣客家語介困難
26	後生多勞碌，老來好享福
27	千跪萬拜一爐香，唔當生前一碗湯
28	話唔好講死，事唔好做絕
29	唔驚事難，淨驚人懶
30	上台三分鐘，下台十年功

民國 96 年 (2007) 全國語文競賽客家語演說題目
【國小教師組】

編號	題目
1	月係故鄉明，人係故鄉親
2	人驚無志，兵怕缺糧

3	不怕事難，總驚人懶
4	朱門生阿斗，茅寮出狀元
5	田愛日日到，屋愛朝朝掃
6	船到江心補漏遲
7	慢牛食汶水
8	離鄉不離腔
9	人不可貌相，海水不可斗量
10	好心著雷打
11	人愛人打落，火愛人點著
12	相罵莫幫言，相打莫幫拳
13	歇久他鄉變故鄉
14	君子愛財，取之有道
15	近山莫枉樵，近河莫枉水
16	黃連雖苦能醫病，芒花雖白難紡紗
17	講話留三分，食飯飽七分
18	水停百日生毒，人停百日著病
19	人無十足，等到十足背又曲

民國 96 年 (2007) 全國語文競賽客家語演說題目【國中教師組】

編號	題目
1	客家精神在現代化社會？價值
2	教書生活个安排
3	天無三日雨，人無一世窮
4	我看客家諺語
5	客語教學在傳承客家文化中个價值
6	家庭在客語教學方面負擔个責任
7	我看客語教學个現代化
8	我對客家人硬頸精神个看法
9	地球單淨一个
10	關心學生个心理問題
11	臺灣个驕傲
12	當前臺灣社會須要个客家精神
13	上山莫問下山人

民國 97 年 (2008) 全國語文競賽客家語演說題目【國小教師組】

編號	題目
1	煞猛打拼正會成功

2	倚恃跌人毋當倚恃自家
3	食水要念水源頭
4	人生在世有時星光(喻:暗淡)有時月宮(喻:光明)
5	侄教書个心得
6	自家个前途，自家來打拼
7	猴仔有時也會從樹頂跌下來(喻：一時大意，也有失手的時候)
8	坐儕(坐著的人)毋知企儕(站著的人)苦
9	帶好每一个學生
10	有辛苦，就有快樂
11	從多方面，來看事情
12	目標共樣，路有千條(喻:一致而百慮，殊途而同歸)
13	仰般來做一个成功个小學先生(老師)
14	佬鼓勵(與)打罵
15	重視生活教育
16	侄選教書這條路
17	愛心个教育
18	存好心，講好話，做好事
19	好山好水講臺灣
20	臺灣个秋天
21	網路世界恁闊

民國 97 年 (2008) 全國語文競賽客家語演說題目【國中教師組】

編號	題目
1	𠊎會用客家話來介紹一種比較有客家人文色彩个花
2	𠊎會用客家話來介紹一種比較有客家人文色彩个樹
3	𠊎會用客家話來介紹一種比較有客家人文色彩个青菜（蔬菜）
4	𠊎會用客家話來介紹一種比較有客家人文色彩个地名
5	𠊎會用客家話來介紹一種比較有客家人文色彩个河坑（溪水）
6	𠊎會用客家話來介紹一種比較有客家人文色彩个一座山
7	𠊎會用客家話來介紹一種比較有客家人文色彩个節目
8	𠊎會用客家話來介紹一種比較有客家人文色彩个歷史事件
9	𠊎會用客家話來介紹一位客籍作家
10	𠊎會用客家話來介紹一句客語師父話（歇後語）
11	人生有夢最靚
12	做一個認真个人
13	𠊎對臺灣選舉个看法
14	臺灣？个社會現象
15	𠊎最感謝个人

16	臺灣个觀光

民國 98 年 (2009) 全國語文競賽客家語演說題目
【國小教師組】

編號	題目
1	我對教師進修个看法
2	教育培養人才，人才決定將來
3	前人開路後人行，前人種竹後人涼
4	良師興國
5	教書當中最快樂个事情
6	家有一老，像有一寶
7	飲水思源頭，食果子拜樹頭
8	談學校个小學教育問題
9	𠊎對當前小學品德教育个看法
10	傳承客家話个意義
11	一隻當有特色个客家莊
12	談親子教育个重要
13	臺灣个優良文化
14	做大水个時節
15	細人仔愛（要）惜也愛教
16	客家人个義民爺信仰

17	我對教育多元化个看法
18	我仰般教學生仔認識臺灣
19	發揚客家環保精神，共下來救地球
20	客家莊个節慶
21	少子化對臺灣个影響

民國 98 年 (2009) 全國語文競賽客家語演說題目
【國中教師組】

編號	題目
1	千經萬典，孝義為先
2	倨對推動客家文化个看法
3	倨對環保教育个看法
4	生時四兩豬肉食，贏過死後一條豬
5	樹身企得正，毋怕風來搖
6	如何培養學生創造思考能力？
7	仰般防止新流感在臺灣大流行？
8	一藝不精，誤了終身
9	影響我最大个一句話（一本書）
10	網路天地無限大
11	我仰般關懷照顧弱勢个學生仔
12	品德教育，身教最重要

13	我對臺灣媒體个看法
14	新移民同臺灣多元文化
15	教書這條路
16	一等人忠臣孝子，兩件事讀書耕田
17	好山好水——講我个故鄉

民國 99 年 (2010) 全國語文競賽客家語演說題目【教師組】

編號	題目
1	樹要直，從小扶起；人要正，從小教起
2	看到毋值錢，學會要三年
3	出學堂，先學肚量
4	敢去一擔柴，毋敢去屋下愁
5	桂花無風香十里
6	食人一口，還人一斗
7	從生活中培養好修養
8	關心社會多做公益
9	看中自家，學習別人
10	故鄉个名產
11	仰般輔導學生面對壓力
12	仰般提升學生个競爭力

13	多元文化个尊重摎包容
14	母語傳承從家庭做起
15	參加客家文化活動个經驗
16	學生愛學習个客家精神
17	分學生一個表演个舞台
18	教學中當感動个事情
19	教客家童謠當生趣
20	流行文化對學生个影響
21	面對少子化个臺灣教育
22	仰般提升母語先生个專業
23	談客家美食
24	貧窮莫斷豬，富貴莫斷書
25	從有手機以後
26	談單親家庭
27	一粒米，百粒汗
28	正確个消費觀念

民國 100 年 (2011) 全國語文競賽客家語演說題目
【教師組】

編號	題目
1	我對全國客家日，天穿日的看法

2	臺頂三分鐘，台下十年功
3	我對客家語教學的看法
4	洗面愛洗耳角，掃地泥愛掃壁角
5	後生多勞碌，老來多享福
6	好田好地，毋當好子弟
7	理字毋幾重，萬人打毋動
8	罵多毋聽，打多毋驚
9	我參加過个客家慶典活動
10	千金易得，好言難求
11	若愛學問好，必得問三老
12	從客家敬字惜字談環保
13	偃對校園「霸凌」事件个看法
14	「教不嚴，師之惰」試申己意
15	教書甘苦談
16	偃最好食幾个幾樣客家美食
17	萬般皆下品，唯有讀書高
18	語言文化對一個族存續个重要性
19	轉妹家
20	正月半个時節
21	品德摎知識，哪个重要？
22	從學生个身上看到自己个責任

23	先生仰般教學生「摎異性相處」个課題？
24	知識能改變命運，學習能成就未來
25	佢長透對學生說个一句話
26	佢最關心个教育問題
27	仰般提高學生「參加客話比賽」个興趣？
28	從客家美食來看客家文化
29	學歷、能力、生活力
30	有心黃金土，無心荒草埔

民國 101 年 (2012) 全國語文競賽客家語演說題目【教師組】

編號	題目
1	傳媒越發達，時事教育更重要
2	安全教育盡重要
3	運用諺語教客家話盡有效
4	佢對有特色客家庄看法
5	學問學問，多學多問
6	學校緊減班，有麼介對策
7	仰般建構學習客語環境
8	關懷弱勢學生仔
9	仰般協助新住民融入客家文化

10	假使偓係校長，最想解決問題
11	人老心不老，人窮志不窮
12	人不可貌相，水不可斗量
13	知足常足，終身不辱
14	人窮志短，馬瘦毛長
15	三日打漁，兩日曬網
16	百行業為先，萬惡懶為首
17	小富由儉，大富由勤
18	毋驚一萬，淨驚萬一
19	刀毋磨會生鹵，人毋學會落後
20	細人仔縱毋得，田事荒毋得
21	食多傷身，氣大傷神
22	眼看千遍，不如手做一輪
23	讓人一尺，天闊地闊
24	愛做好，問三老
25	做事愛有哩，煮飯愛有米
26	出門低三輩，處處係方便
27	還生食四兩，當過死了食豬羊
28	補漏趕好天，讀書趕少年
29	後生毋做家，老來正知差
30	竹要嫩時拗，子要幼時教

民國 102 年 (2013) 全國語文競賽客家語演說題目
【教師組】

編號	題目
1	飯食七分飽，講話留三分
2	勤儉得意，和氣生財
3	肯定自家，欣賞別人
4	有志氣毋驚路頭遠
5	功夫到家，石頭開花
6	心中忠信，出門人敬
7	態度決定人生个高度
8	能服務別人，係一種幸福
9	介紹一個好尞个客庄
10	影響𠊎一生人个一位先生
11	𠊎對高學歷失業問題个看法
12	人無十足，卵無滿篤
13	𠊎所知个一位客家先賢
14	𠊎所看過最讚个先生（老師）
15	𠊎最想教分學生仔个一句話
16	田無做好荒一年，子無教好害一生
17	食毋窮，著毋窮，打算毋著一世窮
18	前人種樹後人涼，前人種花後人香

19	補漏趕好天，讀書趕少年
20	人勤地獻寶，人懶地生草
21	滴水成河，粒米成籮
22	同學生分享个學習个經驗
23	𠊎對教師進修个看法
24	客家話教學个困難同解決方法
25	家長、學生、同先生个關係
26	理想个追求愛有現實个考量
27	教育環境影響教學品質
28	面對學生，𠊎嘛有無力个時節
29	看書同講古能力个培養
30	𠊎對美化校園个想法

民國 103 年 (2014) 全國語文競賽客家語演說題目【教師組】

編號	題目
1	倫理教育个重要性
2	行著路，行行就做得出狀元
3	做先生愛有个本分
4	服務別人，成長自家
5	大肚大量福氣大

6	迎接高齡化社會
7	一藝在身，受用歸生
8	珍惜生命，看重自家
9	講話愛有理，做人愛有情
10	忍氣留財，受氣得福
11	歡喜做，甘願受
12	樂觀積極，認真做自家
13	健康就係財富
14	媒體个社會責任
15	網路對教育个影響
16	心有幾闊，世界就有幾大
17	分自家較多兜仔掌聲
18	社會亂象對教育个影響
19	偃對十二年教育改革个看法
20	仰般落實生命教育
21	仰般將小型學校發展成「多元文化基地」
22	偃對新住民學生仔教育个看法
23	教書先生同家長个關係
24	仰般提升學生仔个民主法治教育
25	仰般提升各學校教學个特色
26	先生愛仰般提供一個快樂个學習環境

27	教師行為對學生个影響
28	仰般做一個快樂个教書先生
29	仰般培養學生仔个多元能力
30	仰般提升母語教學个效果

民國 104 年 (2015) 全國語文競賽客家語演說題目【教師組】

編號	題目
1	偓對客家語文教育个建議
2	偓對休閒活動个看法
3	偓个創意教學
4	仰般做好生活教育
5	仰般教學生仔惜福
6	仰般打造教學環境
7	仰般提昇專業成長
8	仰般解決教學个困難
9	良言一句三冬暖，惡語半句六月寒
10	爺娘惜子長江水，子想爺娘擔竿長
11	台頂三分鐘，台下十年功
12	半夜想个千條路，天光本本磨豆腐
13	有心黃金土，無心荒草埔

14	做先生个甘苦
15	溝通个藝術
16	手機對學生个影響
17	𠊎个文化體驗
18	𠊎有一隻夢想
19	孝順爺哀係做人子女應該愛做个事情
20	𠊎仰般會想愛做先生
21	愛仰般推行營養教育？
22	愛仰般教育弱勢个學生仔？
23	班上學生仔个程度差多仔，愛仰般教？
24	學問重要抑係品德重要？
25	先生个嘴碼
26	神仙打鼓有時錯，腳步踏差麼人無
27	敢擎獅頭，愛曉得弄
28	人多好辦事，水大好行船
29	燈盞無油火南光，陂塘無水魚難養
30	看戲愛知戲文大意，做人愛識人情義理

民國 105 年 (2016) 全國語文競賽客家語演說題目
【教師組】

編號	題目
1	新時代係無係愛有新觀念？
2	俚想仰般實行客語翻轉教學
3	補漏趕好天，讀書趕少年
4	竹愛嫩時拗，子愛幼時教
5	俚對客語傳播个新構想
6	食到老，學到老
7	俚仰般安排休閒生活
8	俚想對現代後生仔講个幾句話
9	人驚無志豬驚肥
10	保護環境，大家有份
11	歡喜人生快樂多
12	勤耕田生寶，懶動田生草
13	食水愛念水源頭，食果子愛拜樹頭
14	愛仰般提高客家文化个能見度
15	愛仰般提高後生仔參與客家文化活動个興趣
16	看別人，想自家
17	仰般教學生仔「永久毋放棄」？
18	俚仰般落實美學教育？

19	偃對翻轉教育个看法
20	偃仰般落實生命教育？
21	求學敢係單淨為着知識个學習？
22	偃對偏鄉教育問題个看法
23	偃仰般落實海洋教育个教學？
24	快樂做義工
25	偃仰般教學生仔了解同（摎）尊重多元文化？
26	偃仰般激發學生仔學習个熱情？
27	偃對避暑作業存廢的看法？
28	偃往般教學生仔體驗在地文化？
29	談客語教學个問題同解決方法
30	仰般在平常生活中落實客家語文？

民國 106 年 (2017) 全國語文競賽客家語演說題目【教師組】

編號	題目
1	偃對「少子化教育」个看法
2	偃對「教育行政大逃亡」个看法
3	偃對「家庭教育」个建議
4	偃對「安全教育」个建議
5	假使偃係校長

6	𠊎想對教育部長講个話
7	𠊎仰般摎家長溝通
8	𠊎仰般教學生仔正面思考
9	𠊎仰般解決學生仔个困難
10	教學當中个歡喜摎煩惱
11	理想摎現實衝突个時節
12	言教摎身教
13	有狀元學生，無狀元先生
14	若愛學問好，必得問三老
15	前人種樹後人涼，前人種花後人香
16	大樹毋怕根多，好書毋怕讀多
17	一理通，百理同
18	後生多勞碌，老來好享福？
19	膠多毋黏，話多毋甜
20	為老不尊，教壞子孫
21	凡事留一線，日後好相見
22	仰般教學生仔思考
23	仰般培養學生仔个多元觀點
24	𠊎仰般準備有效个教學
25	𠊎對客家沉浸教學个看法
26	仰般經營互相支持个教師教學社群

27	一儕無主張，三儕好商量
28	對佢影響最深个學生仔
29	正經重要个東西，用目珠係看毋著个
30	生命有限，知識無限

◎全國語文競賽，客家語演說社會組規則：

（依往年全國語文競賽實施要點所訂）

（一）競賽時限：

演說：社會組每人限 5 至 6 分鐘。

（二）競賽內容範圍：

客家語：採即席演說，在競賽員登台前 30 分鐘親手抽定 1 題參賽。

（三）競賽評判標準：

1.語音（聲、韻、調、語調）：占百分之四十。

2.內容（見解、結構、詞彙）：占百分之五十。

3.台風（儀容、態度、表情）：占百分之十。

4.時間：超過或不足時，每半分鐘扣均一標準分數一分，不足半分鐘以半分鐘計。

聞呼號（開始計時）後應即登臺演講，如超過一分鐘不上臺者，即以棄權論。

演說題目與所抽題目不符者，視同表演，不予計分。

演說時間不足或超過，每半分鐘由監場人員負責扣均一標準分數一分，不足半分鐘以半分鐘計算。

雖然每年全國語文競賽的主辦縣市均不同，近年來客家語即席演說的命題趨勢，可稍微整理出命題的類別及命題趨勢的變化，所謂鑑古知今，從往年的命題中可作為選手準備時的模擬試題，以下將近年來教師組及社會組競賽題目分列：

社會組歷年題：

民國 95 年 (2006) 全國語文競賽客家語演說題目【社會組】

編號	題目
1	客家人的風俗
2	給後輩人的一句話
3	人生一事，草木一春

4	繁華落盡見純真
5	讀書破萬卷，下筆如有神
6	歡喜心
7	我懷念的客家傳統
8	對客家子弟的勸化
9	留什麼給子孫
10	客家人對祖先的尊重
11	客家人怎樣教育子弟
12	人生的常與變
13	批評與包容
14	食水愛念著水源頭
15	才人無貌，爛扇多風
16	兄弟同心，黃泥變成金
17	男人百藝好隨身
18	賺錢愛命，賺食愛煞猛
19	一家之計在於和
20	一年之計在於春
21	一生之計在於勤
22	度量小煩惱多，火氣大朋友疏
23	相佛容易刻佛難
24	人情留一線，後來好見面

25	命長正食得飯多
26	船到江心不自由
27	能食能睡，長命百歲
28	細空毋補，大空喊苦
29	嫌貨正係買貨人
30	人會算，天會斷

民國 96 年 (2007) 全國語文競賽客家語演說題目【社會組】

編號	題目
1	談終生學習
2	談臺灣个少子化問題
3	鬼生鬚，人鬪个
4	食米愛知米價
5	敢擎獅頭，愛曉得弄
6	人情一把鋸，初一來十五去
7	毋聽老人言，食虧在眼前
8	怎般推廣客家文化
9	做人愛有修養
10	食水愛念水源頭
11	總愛有決心，鐵尺磨成針

12	大家一條心，泥團變黃金
13	後生多勞碌，老來好享福

民國 97 年 (2008) 全國語文競賽客家語演說題目【社會組】

編號	題目
1	偃最關心个事情
2	偃印象最深个一條社會新聞
3	仰般照顧社會弱勢族群
4	偃對客家文化園區經營介看法
5	談偃个旅行經驗
6	談節能減碳个方法
7	偃看客家莊个特色
8	談客家人个優點
9	偃最認同个一句客家諺語
10	談客家人个信仰
11	偃最常收看个客家電視節目
12	臺灣个優質文化
13	談臺灣社會應該有个重要價值
14	人定事圓，心寬路闊
15	曲不離口，拳不離手

16	多行少車，節能減碳
17	田愛日日到，屋愛朝朝掃
18	人窮志不窮
19	不經一事，不長一智
20	看收冬戲
21	毋經事難，就驚人懶

民國 98 年 (2009) 全國語文競賽客家語演說題目【社會組】

編號	題目
1	路遙知馬力，事久見人心
2	積金千兩，不如明解經書
3	愛仰般做到「家和萬事興」
4	天無三日雨，人無一世窮
5	族群和諧，從尊重少數族群開始
6	談企業家个社會責任
7	學懶三日，學勤三年
8	話毋好講死，事毋好做絕
9	偃對桐花祭个看法
10	臺灣个好山好水
11	臺灣个生命力

12	一家安樂值千金
13	客家文化與環保
14	臺灣社會需要客家精神
15	談好俗歪俗
16	談客家義民信仰
17	時代潮流－民主自由
18	人口老化，仰般做好老人安養
19	愛仰般防止家庭暴力
20	良田千甲，不如一技在身
21	保護地球，人人有責

民國 99 年 (2010) 全國語文競賽客家語演說題目
【社會組】

編號	題目
1	讓人一尺，天闊地闊
2	良言一句三冬暖
3	敬老得福，敬牛得穀
4	一人主張，毋當兩人來思量
5	肯問就有路，肯想就有步
6	家有黃金，毋當一藝在身
7	有量才有福

8	大自然个力量
9	做志工當歡喜
10	守法个社會盡靚
11	尊重生命，打拼人生
12	時間管理个重要性
13	對後生人个勸話
14	認識臺灣个好風光
15	𠊎對多元社會个看法
16	𠊎對母語認證个看法
17	仰般面對工作个壓力
18	談家庭教育个重要
19	客家藍衫个精神
20	後生人要有个客家精神
21	𠊎對傳統產業个期望
22	𠊎當欣賞个人物
23	客家人个教育觀念
24	仰般加強客家个認同感
25	談司法改革
26	父親節个等路
27	千年榕樹共條根
28	M 型社會个省思同對策

民國 100 年 (2011) 全國語文競賽客家語演說題目
【社會組】

編號	題目
1	偓對客家文化的認識
2	乞食仔也有三年好運
3	了田了地，毋會了好手藝
4	交人交心，淋樹淋根
5	膠多毋粘，話多毋甜
6	人情好，食水甜
7	好頭不如好尾
8	我遶個个客家庄
9	好心贏過食齋
10	服務个人生觀
11	心靈个環保
12	偓有一個夢
13	君自客庄來，講兜客庄事
14	人無遠慮，必有近憂
15	偓最敬佩个幾種客家精神
16	一樣米畜百樣人
17	人情味摎公德心
18	偓最艱苦个時節

19	學校摎社區个關係
20	仰般推行成人教育？
21	行過 88 風災，偓兜要仰般做好水土保持？
22	知福、惜福、造福
23	仰般提高生育率？
24	仰般創新客家文化？
25	臺灣个交通建設
26	偓對臺灣舉辦國際性活動个看法
27	大寒不寒，人馬不安
28	竹要嫩時拗，子要幼時教
29	擔竿做過嫩筍來
30	賺錢可比針挑刺，使錢可比水推沙

民國 101 年 (2012) 全國語文競賽客家語演說題目【社會組】

編號	題目
1	頭路難尋薪水低，仰結煞
2	油電雙漲，談小百姓感受
3	古諺今解：萬般皆下品，唯有讀書高
4	人情留一面，日後好相見
5	人驚無志，樹驚無皮

6	偃所知客家民俗祭典
7	知識能改變命運，學習能成就未來
8	萬丈高樓從底起
9	提高生育率政府應該仰般推行
10	後生毋做家，老來正知差
11	汗珠錢萬萬年，往來錢水推沙
12	真金毋驚火煉，真人毋講假話
13	百樣會，不如一事精
14	是非因為多開口
15	忍一時風平浪靜
16	鄰舍和氣，萬事如意
17	人生最大財富係麼介？
18	人間有愛，世界正靚
19	笑容係世界語言
20	大自然就係最好教室
21	發風落雨暗晡
22	值得思念味緒
23	分偃印象最深一擺旅行
24	在服務中體會人生價值
25	自信帶來成功機會
26	良言一句三冬暖，惡語半句六月寒

27	台頂十分鐘，台下十年功
28	趕做牛，毋驚無犁拖
29	打田打地打毋忒手藝
30	毋驚千人看，只怕一人識

民國 102 年 (2003) 全國語文競賽客家語演說題目 【社會組】

編號	題目
1	分自家一個(隻)機會
2	貪心係罪惡之源
3	精三分、憨三分，留三分分子孫
4	客家人个生活智慧
5	愛仰仔兼顧客家个傳統同創新
6	除了經濟家庭最需要麼个？
7	讀書个樂趣
8	如何面對困境
9	團結力量大
10	一點銀錢三點汗
11	人情好食水甜
12	三寸舌害六尺身
13	比上不足比下有餘

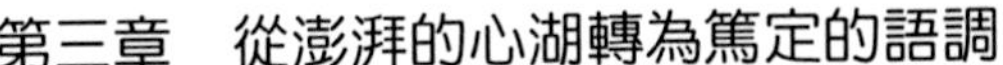

14	老成無蝕本
15	食一歲學一歲
16	人愛人打落
17	愛客家講客話
18	學好三年學壞三日
19	講頭就知尾
20	讀書讀到生鬚
21	钁頭下背出黃金
22	𠊎所瞭解个客家精神
23	人心難測水難量
24	日行一善天下太平
25	浪子回頭金不換
26	是非日日有，毋聽自然無
27	𠊎个客家夢
28	人勤地獻寶，人懶地生草
29	毋聽老人言，終久了大錢
30	後生多勞碌，老來好享福

民國 103 年 (2004) 全國語文競賽客家語演說題目
【社會組】

編號	題目
1	𠊎對現下社會現象个看法
2	大家一條新，黃泥變成金
3	話毋好講死，事毋好做絕
4	有好分人打幫，較贏打幫人
5	𠊎印象盡深个一條社會新聞
6	家有萬金，毋當藏書萬卷
7	面對高齡社會，仰般做好老人安養
8	發揚環保精神，共下來救地球
9	樹頭企得正，毋驚數尾搖
10	有辛苦，就有快樂
11	買牛看骨架，交友看行為
12	紹介𠊎遶尞過个客家庄
13	千金買屋舍，萬金買鄰舍
14	𠊎係客家人，關心客家事
15	仰般照顧社會弱勢族群
16	富由升合起，貧從不算來
17	做事難，做人還較難
18	讓人一尺，天闊地闊

19	有心有量有見識
20	大人講个話
21	食愛健康，著愛方便
22	火愛窿空，人愛靈通
23	手機管酌吾个生活
24	在家千日好，出門一朝難
25	買賣算分，相請無論
26	天光日又係一個新世界
27	社會進步个條件
28	金錢好使，真情難買
29	緊學緊問正有學問
30	人不可貌相

民國 104 年 (2015) 全國語文競賽客家語演說題目【社會組】

編號	題目
1	做別儕个頭路，學自家个功夫
2	俚對「養兒防老」个看法
3	自從有智慧型手機以後
4	細細偷人針，大吶偷人金
5	仰般做一位受人尊重个世大人

6	對「晴耕雨讀」个看法
7	仰般對外國人介紹客家文化
8	偃對「養生之道」个看法
9	偃最欣賞个後生人
10	時飯打赤膊，做事尋衫著
11	偃看客語能力認證考試
12	瓠老，做好杓；菜瓜老，好洗鑊
13	嫦娥照鏡嫌貌醜，彭祖焚香祝壽年
14	日圖三餐，夜求一宿
15	看對頭，毋係看門樓
16	命運自家來安排
17	人情好，食水都甜
18	印象盡深个客家活動
19	玉蘭有風香三里，桂花無風十里香
20	仰般做一個現代个客家人
21	科技進步係福也係禍
22	難忘个客家味緒
23	對食品安全个看法
24	生趣个客家文化
25	食水愛念水源頭，食果子愛拜樹頭
26	有時省一口，無時有一斗

27	冤枉錢水流田，汗珠錢萬萬年
28	出學堂，先學度量
29	人愛人打落，火愛人燒著
30	從一條社會新聞講起

民國 105 年 (2016) 全國語文競賽客家語演說題目【社會組】

編號	題目
1	客家話有麼个特色同（摎）優點
2	𠊎所知个臺灣客家鄉鎮
3	臺灣客家人个神明信仰
4	人會算，天會斷
5	養子愛教，養老愛孝
6	子弟毋讀書，好比無目珠
7	有心黃金土，無心荒草埔
8	薑愛老來辣，這愛老來甜
9	做生理，先學肚量
10	只愛有人員，毋怕無餘錢
11	萬事起頭難，敢做就心安
12	食人一口，還人一斗
13	學好三年，學壞三日

14	現下俚盡關心个社會問題
15	面對高齡社會，仰般推動樂齡學習風氣
16	仰般同（摎）新住民介紹客家文化
17	仰般推動客家文創，保存寶貴客家產業
18	俚盡懷念个客家傳統民俗
19	俚係有志氣个客家子弟
20	新聞媒體愛有社會正義
21	網路世界對社會个影響
22	人老心毋老，人窮志不窮
23	健康就係財富
24	三日毋食青，行路偏重輕
25	謙者成功，誇者必敗
26	人愛長交，數愛短結
27	自家个斧頭，削自家个柄毋着
28	仰般同（摎）大自然和諧相處
29	入門看人意，上山看山勢
30	發揚客家優良精神，改善社會風氣

民國 106 年 (2017) 全國語文競賽客家語演說題目
【社會組】

編號	題目
1	俫仔降多多，老欸自家煲
2	仰會恁毋堵好
3	論自由同自私
4	人在該做，天在該看
5	揀食同康健
6	河東河西，莫笑人著爛衣
7	青堂瓦舍，但求一宿
8	發風落雨愁到天光
9	出手毋打笑臉人
10	垃圾難處理
11	同人做事，看人出菜
12	有一好就無兩好
13	最值得保留个客家風俗
14	𠊎對青年創業个看法
15	愛仰仔推動正當个休閒活動
16	愛仰仔餳後生仔來學講客
17	𠊎最欣賞个世界名人
18	最理想个客家鄉鎮

19	關心鄰舍，打造有愛个社區
20	愛仰仔培養國民个美感教育
21	𠊎所知个客家古蹟
22	係準講山裡肚、河霸脣尋無火焰蟲吔
23	行善行孝，改變社會風氣
24	做一個節約用電用水个現代人
25	愛仰仔同社會項个弱勢族群揇手
26	靚靚个社會環境，你𠊎都有責任
27	一齣電影分𠊎个啟發
28	𠊎一生人最幸福个歲月
29	旅行个好處
30	愛仰仔正會有光明增志个人生

五、全套的國賽服務

首部曲是發生在 96 年的國賽前夕，餐會上大家因為教師組的某位老師前些天感冒，擔心影響自己隔天的成績而落淚。

自餐會開始前，一堆人便輪流安慰那位老師，雖然我們當天晚上住的是臺中地區高級的星級飯店，縣市也貼心的讓選手兩個人住四人房以求能夠讓選手舒適的休息，讓隔天所有的選手都能睡飽上國賽的賽場，然而筆者與另一位教師組的老師卻在星級的飯店裡遇到了奇遇，我倆竟被反鎖在門外，空有鑰匙也打不開房門。

我永遠記得那個連飯店高層也無法解決的開門事件，一個半小時後我所認識的那個教師組戰友當著我的面竟跟門有了對話，門啊門你再不開我要生氣了喔，你再不開我真的要生氣了喔，在折騰了兩個多小時後，在某次經理嘗試開門下，門神奇的開了，但因該飯店當天客滿所以無法為我們換房，只得要求我倆必須保持一個人在房內，以免又打不開，那真是很特別的一場體驗。

隔天的慶功餐宴中因為我們這組的演說跟朗讀全員槓龜，獲得第八名的我已算是最佳的成績了，當下我成了安慰所有人的尖兵，從學生組的失落，逐一聽取悔恨的自我檢討，到隔日返途中，每到一個休息站如廁，都得在開車前至廁所前，等待失落大姊的泣後面容，陰霾在返回的遊覽車上

直到下車，誰也不敢提起一點點跟比賽有關的事，這事讓我在之後擔任指導老師，面對讀高中的選手比賽失利後，打電話給我說要輕生有很大的啟發。

一場比賽的震撼之大，有時讓人始料未及，該縣市的承辦人聽我說及此段，跟我說這肯定不會發生在我們縣市，殊不知竟就是該縣市。

無心插柳的續集是面對成績回到工作崗位的我，忙碌的沒心思多想，不到一個禮拜的一通電話，改變了我不重複參加同一項比賽的規劃，這通電話的請託，讓我比別的選手早一整年的時間，開始準備隔年的比賽。

不巧的是我當年除逢喪祖父之痛，隔年更送走了揮手人世的母親，工作上被委以重任，接下首府汽車隊長的要職，除要負責所有首長的車輛人員派遣工作，更要隨傳隨到，最後我乾脆就直接睡在職舍，每天聽著演說朗讀的帶子入睡。

成功不必在我，誰說辦不到。

密切的親師合作

選手的家人和原校的指導老師最清楚選手狀況，國賽的指導老師愈快瞭解選手幫助愈大，想量身訂做合乎國賽水準且適合選手的稿子，有賴密切的親師合作。

內化價值精髓再現

一整年都浸淫在演說的浩瀚中，順利的取得了國賽的代表權，並在國賽中摘下了全國的成績。原想該是劃下完美句點的時候，指導老師再次來電，力邀我由選手的身份，轉變成輔助選手的無薪助教，那年選手們的成績也都遍地開花，人手一獎，為來年奠下了基礎。

適性化

適合自己的、擅長的、可行的，那麼你才會更有動力做下去，也才會甘願去做且做的開心。

多元化

東西多元讓聽的人有耳新目明的感動。

量身取材訂定未來，只有符合身份跟年紀，說的才能服人動聽。

六、運用優勢的人力資源照顧選手

選手是縣市的寶，積分的來源，動員讓選手無後顧之憂是產下好成績的不二法門。從場地探勘、住所選擇、餐飲選擇到化妝、髮廊的預約、當天早上的開嗓等等，皆需投入大量人力，做的愈齊成績愈好。

例：有些縣市還做到選手一人一房的服務。

七、吸取別人的經驗

聽別人成功的經驗、看第一名的錄影、聽指導老師的說法等等，有助於我們面對國賽時臨危不亂。

盲修瞎練不如投石問路

自己練不如跟著培訓團隊的進度，按部就班練習，指導老師有的身經百戰，更有許多縣市的評審深知各縣市現況，比你盲練習好。

創造無限可能

風雨中的冷暖：轉眼又是一年，這一年沉淪在遍地開花的芬芳中。我給自己的期許未曾減少過，認份的幫忙數據化，就是將全國賽各縣市選手的資料數據化，並低調的默默的做著。

也許是前一年的光環太亮，老師們的壓力全都反映在選手的身上，開始有人計較上場練習的次數，也有人開始覺得誰誰是不是藏私的耳語，鑑於前一年生態的改變，只能照著自己的進度安分的練習。

仆跌再起的奮鬥

蓄勢再發順勢攻頂。那個下午我一個人在皇榜下等待，直到我的名字出現在皇榜上我的眼淚第一時間掉了下來，我獲得了一個大大的擁抱。

挹注更有效的訓練

怎樣才算是有效率的即席演說準備方式呢？若能善用「聯想法」加上「列大綱法」，可能讓你事半功倍。至於演說大綱的記憶與內容的呈現，請善用圖象式思考，也就是啟動我們的畫面模式。

聯想，是創造力的一環。

聯想乍看之下是天馬行空式的跳躍、甚至無厘頭，其實它是有跡可循的。把聯想的軌跡歷程一一列下，你會發現很多有趣的轉折藏在其中。

舉例來說：「大自然給予我的智慧」，針對這一題，可以先從「大自然」開始聯想起，大自然會讓你想到甚麼？我會想到水能載舟、亦能覆舟；天地不仁，以萬物為芻狗；天生萬物必有用；食物鏈、物競天擇、適者生存、不適者演化；

天有不測風雲、春花秋月夏日冬雪，一年四時皆有好風景……等。

聯想是不受限制的，難免也就沒有系統與結構可言，第一步聯想之後，接下來就要將聯想的主題去蕪存菁，留下一個或兩個想要發揮的主題，其他的聯想只能割愛、暫且不在這次演說中使用。以剛才的聯想而言，我選擇「春花秋月夏日冬雪，一年四時皆有好風景與天生萬物必有用」相結合，描述自然界的四時循環與生物循環，沒有一個環節是不必要的，也沒有一種生物對地球是無所貢獻的；也可以引申為「大自然讓我體認到不必輕看自己，發揮自己的力量也能讓這世界更好」或是：「花若盛開，蝴蝶自來，人若精彩，天自安排。」

聯想需要多練習，有些聯想法可以參考。網路搜尋一下，你就會發現許多。聯想通常是擴散性思考，天馬行空的擴散之後，還要統整回來，讓想法呈現出系統的敘述，那是聚斂性思考。擴散性思考與聚斂性思考都很重要，缺一不可，我常遇到的狀況就是擴散之後無法聚斂，成為不知所云、失焦的一段描述。所以，聯想過後要能統整，回來抓住主題發揮，這就是所謂的「扣題」了。

把一件事講清楚說明白要花多久的時間？多長的篇幅？

我們會說：事有大小、長短、複雜曲折的轉圜程度，怎能一概而論？事實上，一件事可以簡略的說，也可以複雜的說，端賴你的選擇與時空的允許程度。當你需要仔細描摹的時候，自然會講的深刻入裡、刻劃細微；當這件事只是個襯托的時空背景時，可能三兩句就把一個大時代交代過去了。

著眼點很重要，並非一定要把格局放到最大，就像我們常見的攝影鏡頭運用，有時從最小物體的特寫逐漸拉開距離、慢慢呈現一個物件的輪廓、最後又遠離那物件，標示出那物件所在的位置、環境、地域；最後也許那物件已融入大環境中不可辨別，但，觀眾們都知道它在那裡，因為剛剛看過它的特寫。由小而大，此為其一；也可以反其道而行，由大而小，由最遠的遠景逐漸拉近，最後聚焦在某一物體之上。運用鏡頭的方式，也就是我們看世界的方式、也是用文字或語言描述事物的方式。

訓練自己描述事物的能力，有助於把演說講得更清晰而讓人如歷其境。

一開始的練習，不必要求一定要達到特定長度（如五分

鐘），也許你覺得五分鐘沒有甚麼，端看這五分鐘用在哪兒了。玩一小段手遊遊戲五分鐘太短、看一篇言情小說五分鐘只夠看到男女主角相遇、和好朋友聊個八卦隨便也要十分鐘、但是真的要上台講五分鐘演說，當你親身試過，就會發現竟是如此困難。

筆者訓練的選手，在一開始練演說時，常常只能撐到一分半鐘，接下來不是倒帶跳針講重複的東西，就是呆立當場、面紅耳赤不知所措，要不就是早早下台一鞠躬了。

細究其原因，不外乎是描述的能力太弱。

先練習用語句來描述畫面，練習時需要實際放聲說出來。

1. 挑選一張照片：

嘗試開始描述它，並且把自己描述的內容錄音起來，回頭再聽過，一邊聽自己的錄音，一邊對照著這張照片，多練習幾次，就會發現自己用語言描述畫面的能力大有進境。接著，這個對著具體的照片、圖片做描述的練習，可以轉進成在心理產生一個圖像，然後將之描述出來。所以，當你在講話的時候，腦海裡是有一個畫面、或一段影像的。根據這個畫面或這段影像來描述，你會發現自己的敘述順序自然就產生了；把大綱（或是故事情節）安排進心裡圖像的那個「畫面」之中，也就不容易忘記接下來要說的順序呢！

2. 練習描述事物：

可以從講故事開始。講故事，會有情節、有時間順序、也會有畫面。

瞭若指掌對手們的「底細」

賽前分析能夠清楚每個選手的底細，讓選手上場前都已熟稔將面對的選手斤兩，通常前幾年的選手都會被設定為爭牌的假想敵。

驅策自我用心締造殊榮

退一步海闊天空。在學習的過程中我們總面臨許多的挑戰，有一年的培訓中，選手因為瓶頸無法突破，在培訓的場合中如坐針氈，孩子在同儕與指導老師的雙重壓力中掙扎，最後指導老師將其請出了培訓教室，然後示意我，她放棄了要我處理。

培訓學校的中央穿堂上，擔心的家長、落淚的青春男孩加上我，孩子你甘願嗎？小孩淚流滿面看著我，孩子旺盛的企圖心讓我看到了學生時期的自己，於是引導著孩子，我們花比別人更多的時間練習。那一次的全國賽，他雖未拿下前六，卻也讓其他老師跌破眼鏡的奪下第八，我一直都相信，只要肯努力沒有過不了的火焰山。若想有好的成績，那麼我們就一起來探討致勝的方法吧。

八、創新自己的體驗

對講稿的提醒是：

※適合自己的年齡

超齡演出並非佳作

不成熟的看法難有共鳴

前瞻的看好讓人驚豔

※不矯情造假

講稿為個人生活體驗

真實的人生才能感動自己進而感動別人

精準的數據讓你的講稿更有力

努力未必有收穫但想收穫非努力不可

做了才有機會，不做連機會都沒有。

鋪陳個人成長經驗激勵奮鬥意念

自己親身經歷的小故事，要詳細說。交代清楚自身故事的背景，才能讓聽眾跟著你一起進入故事的情境、被故事吸引。

失敗經驗

臥薪嘗膽的故事通常都能提振人心，失敗中爬起的過程雖苦，但苦盡甘來奪牌的喜悅更是甜美。

情緒低潮

繁瑣的訓練如何度過情緒低潮可多問指導老師，和其他選手同進同出會是減少低潮的妙法。因為同仇敵愾。

九、平凡小人物的成功奇蹟

冷門的奇人軼事或不為人廣知的感人故事，要注意重點好好說。強調你想說的重點，把故事的聚光燈聚焦在你著重的重點上，才不會讓聽眾混淆了、被故事不相干的枝節擾亂了思緒。

也許你會問：哪來的這麼多故事呀？

一個人的生活也許有限，但是多閱讀、仔細觀察、可以看到別人的故事；拿出你的記事本，把看到、聽到、閱讀到、想到的一一記錄下來，你會發現，原來，我們的身邊多的是故事，只是你沒有發覺而已。

若能以臺灣本土的客家生活中所發生的真實故事為論述，那一定相當能引起評審的共鳴。

演說技巧的自我訓練

演說又分兩大類，一類是有稿演說，一類是無稿的「即席演說」。

◎學生組：【有稿演說】

全國語文競賽客家語演說學生組即是有稿演說。有稿的演說，通常在演說前就已經字斟句酌地寫好了演說稿，一遍遍的背誦、練習、連音量、手勢、眼神、身體姿態……都可以一再修改到最完美狀態；當然有稿演說也需要指導、也有其竅門所在。

全國語文競賽的客家語演說學生組部分，比賽規則為抽題後準備三十分鐘，隨即上台進行演說；若是演說內容與所抽題目無關，則視同表演，不予計分。這樣的演說比賽方式，在客家演說類別中，從國小組、國中組、高中組、教育學院組一體適用。

客家語類的國小組、國中組、高中組演說比賽，都是在比賽六個月前就先公布三個題目、教育學院組先公布五個題目，比賽當場從所公布的題目中抽題，選手準備三十分鐘後進行演說。所以，既然公布了題目，參加比賽的選手當然早做準備，精心寫了稿，背了稿子還仔細的修整表情、動作、手勢及姿態，自不在話下。

我們一般人平均每分鐘說話約一百八十字，就算演說的口條為求清晰、放慢了說話速度，每分鐘說話也要一百五十到一百六十字，以五分鐘的演說時間而言，就需要九百字的演說稿。

「花若盛開，蝴蝶自來，人若精彩，天自安排。」把一件事講清楚、說明白要花多久的時間？多長的篇幅？我們會覺得：事有大小、長短、複雜曲折的轉圜程度，怎能一概而論？事實上，一件事可以簡略的說，也可以複雜的說，端賴你的選擇與時空的允許程度。當你需要仔細描摹的時候，自然會講的深刻入裡、刻劃細微。當這件事只是個襯托的時空背景時，可能三兩句就把一個大時代交代過去了。

著眼點很重要，並非一定要把格局放到最大，就像我們常見的攝影鏡頭運用，有時從最小物體的特寫逐漸拉開距離、慢慢呈現一個物件的輪廓、最後又遠離那物件，標示出那物件所在的位置、環境、地域；最後也許那物件已融入大環境中不可辨別，但，觀眾們都知道它在那裡，因為剛剛看過它的特寫。由小而大，此為其一；也可以反其道而行，由大而小，由最遠的遠景逐漸拉近，最後聚焦在某一物體之

上。運用鏡頭的方式，也就是我們看世界的方式、也是用文字或語言描述事物的方式。

◎成人組：【即席演說】

全國語文競賽的客家語演說教師組與社會組演說部分，比賽方式採即席演說，就是一種無稿演說。比賽規則為抽題後準備三十分鐘，隨即上台進行演說；若是演說內容與所抽題目無關，則視同表演，不予計分。這樣的演說比賽方式，在社會組及教師組，一體適用。

相對而言，無稿即席演說的難度，高於有稿演說，自不在話下。

筆者每回擔任即席演說比賽評審，看見抽題目之後振筆疾書的選手，就不免要感嘆：這是努力用錯了方向。

試想：我們一般人平均每分鐘說話約一百八十字，就算演說的口條為求清晰、放慢了說話速度，每分鐘說話也要一百五十到一百六十字，以五分鐘的演說時間而言，就需要九百字的演說稿；而書寫的速度絕對趕不上說話的速度，就

算整個三十分鐘的準備時間都拿來振筆疾書吧，最多能寫個五百字就是快手達人了。不但書寫速度趕不上需求，也只是事倍功半之舉，因為稿子若真的從頭到尾寫一遍，根本沒有時間記憶、更遑論練習了。寫了稿子的比賽選手，通常上台只能振振有詞地說完一分至一分半鐘，然後就明顯的停頓在當場，不知所措了。事後我請問了這些「振筆疾書」型的選手，大部分的人表示：寫了內容卻記不完全，一上台就忘了個大半；也有少數選手說他雖然都記得，但是不知怎地，振筆疾書了滿滿一整頁，講起來不到兩分鐘就講完了。所以，針對即席演說的準備上，寫逐字稿、努力振筆疾書是不合宜的。

怎樣才是有效率的即席演說準備方式呢？請善用「聯想法」加上「列大綱法」。至於演說大綱的記憶與內容呈現，請善用圖象式思考，也就是畫面模式。

不食人間煙火

多出去走走吧。窩在家裡你不知道發生什麼事了。有一位社會組的選手問我，她說影響我最深的新聞事件因為她不

看新聞，該怎麼說？我只能說要關心一下身邊的事，多少關心一下這世界發生了什麼事吧。

情義相挺

愈來愈接近比賽選手愈需要陪伴，一方面掌握進度一方面輔助他們調整到最佳狀態。

十、活脫脫的搬上螢幕

展開笑顏有備而來。站在台上，開口說話前，環顧四周，看著台下的觀眾，想一想：我為何而來？我要表達些什麼？

無論在這篇演說中想要表達的觀念為何，演說的結論就是要帶給大家一分正能量。

第四章
嶄露頭角大顯身手

一、高手環伺從容應戰

二、天道酬勤

三、高手環伺思維脈絡與邏輯

四、具備人本情懷

五、脫穎而出獨占鰲頭

一、高手環伺從容應戰

大量的閱讀，閱讀自然要求其廣泛與精深，但是專書的研讀總是有點兒緩不濟急的感覺。在此，筆者提供一個小撇步：閱讀雜誌。雜誌的內容也許不如專書深入，但範圍畢竟較廣，一些探討科學、社會、文化、教育、環境變遷等議題的雜誌，都是比賽選手涉獵的好對象。它們可以打破你思考習慣上的「同溫層」，提醒我們一般生活千篇一律之下的盲點；當然，如果你對雜誌報導中的某個主題感到興趣，想要多了解深入一些，還可以用關鍵字搜尋，找到專書加以研讀。閱讀雜誌是提醒選手們不要習於單面向或少數面向思考的好方法。

有人會想到加入各種網路社群，因為社群之多有如過江之鯽，社群議題雖說五花八門，但也因為沒有控管機制所以良莠不齊，許多社群的著眼點會流於情緒化。與其花費時間精力去閱讀、篩選社群（如果只鎖定某幾個社群，又會陷入同溫層的泥淖中），不如參閱雜誌。畢竟雜誌還有一群編輯群把關啊！

閱讀雜誌，不能偏廢，科學、財經、社會、教育、環保等議題的雜誌或專刊都要涉獵，多看個一年半載，會打破你習以為常的同溫層，擴展視野。

綜觀時事，如日本三一一大地震之後，感受「當地震發生時」、齊柏林的《發現臺灣》電影風靡全臺的時候，感受「一部電影的啟示」、「臺灣最美的地方」；培養在講稿中帶入新聞時事、現在社會流行的話題，有其必要。

帶入，是有技巧的，可以用做開場白、蜻蜓點水的帶過，也可以針對時事做剖析，這又牽涉到你演講前，已經有多少人用過這主題了。

用觀點來解讀，就可以把社會、經濟、心理層面等議題放進去講稿中，變成很有得討論的一個議題了。

重建自我價值

公告全國賽題目完成演說稿後背稿練演說、練膽量成了當務之急，那麼在哪裡練比較好呢？

大部分的人會說，還是模擬情境，用空教室來練吧。

我則建議：人來人往的車站大廳不錯；燈光美、空調佳、人潮穿梭中的地下街牆角邊也不錯；如果你跟某溫馨咖啡屋很熟，那麼在咖啡屋裡也不錯(記得不要吵到在咖啡廳寫稿的人，但是也許他們也正想轉換心情呢？)練演說，誰說一定要關起門來練？又有誰規定只有指導老師可以給意見？

舌燦蓮花不如樸實本土

練演說何妨光明正大的在眾人面前展現，不要忘記，上台演說本就是要在眾人面前開口表達意見嘛！那識與不識的人，都會是一分助力喔！

閉門造車與光說不練

筆者曾經故意帶著選手在車站候車室裡練演說，選手們一開始當然怯於開口，只要指導老師稍微示範一下，打開了這條路，選手們會講得更有自信。

雄辯滔滔不如誠懇實在

路人經過有時會駐足聆聽、有時還特地折回來給選手加油打氣；溫馨咖啡屋裡更是臥虎藏龍，說不定就有能人專家剛好為你不熟悉的領域給了充足意見呢！

說話與演說的不同

演說和談話不同，也不是一般的演講會，一些故作親切的寒暄，只會稀釋了你演說的強度、讓你想要將聽眾帶入某些思維的路徑設下不必要的路障。

所以，演說的中間切忌岔開話題、和大家裝熟寒暄，想一想，你只有五到八分鐘可以影響聽眾，還不好好把握時間，還有空閒去東家長、西家短的繞圈圈嗎？

錙銖必較

演說所得到的名次與練習有絕對相關。

禁忌：千萬不可報錯題目。

　　　時間的掌握要注意。

禁忌：千萬別提早下場或超過時間。

別把演說台當課堂講台，控制你開口問候的音調和音量。

放慢語速有絕招，練到每個段落時間分秒不差。

陪伴選手的人很重要。

禁忌：打擊信心的不要來。

別跟評審裝熟。

詳閱比賽規則。

語音

找一個和你同類型獲獎過的古人來仿效。

多多觀摩別人，模仿是學習的第一步。

當天要先開嗓，讓上場時保持聲線最佳狀態。

一個題目，最少要練講三次。

字正腔圓發音很重要，轉變調的使用。

儀態

服儀要謹慎，讓選手有當公主跟王子的優越感，花點錢增加自信。

切記規定：不可帶道具、不能帶手機及有聲響的物品。

二、天道酬勤

世界是公平的，你付出多少就獲得多少的回饋。

認真的態度一貫以對

平常我們說話聊天時常常語速過快、咬字含混不清，反正對方能夠了解聽懂就好。再者，聊天沒有時間限制，加上漫無目標龐雜的思緒，常使得聊天內容被稀釋再稀釋、話語重點也會不斷改變。

少量的內容加上無限制的時間與過快的語速，造成我們平日習慣用語過於雜漫無章、甚至奇怪的語言邏輯或不通順的文法紛紛出籠。這在一般言談中也許可行，但搬上演說台可就過不了關了。

要想修正自己的語音和語病，不是等站上演說台才開始，要從平常改變習慣著手。

別害羞，大方地告訴你周圍親朋好友：「我要開始練演說了，請大家幫忙糾正語音和語病。」就筆者的經驗而言，絕大部分的人都會樂意幫忙，能挑出你不正的語音和語病，對你身邊的朋友同學而言，是件很有成就感的事呢

有系統的操練

擬定國賽前的作息，與指導老師討論出最適合你的課表，然後乖乖的按表操練。

演說不是八點檔切忌灑狗血

不要操之過急了，按部就班的一步一腳印小心偷雞不著蝕把米。

一再贅述、口若懸河、慷慨激昂

如果肚裡沒東西就會繞著題目一再重覆，聲調使用宜適度。

口沫橫飛、涕淚縱橫、荒腔走板啼笑皆非

別讓你的演說成了戲劇場，只會遺憾終身。

三、高手環伺思維脈絡與邏輯

安好人心平靜面對，如果害怕那聽聽看別人怎麼說，先讓自己思路暢通愉快上場。

比賽的過程千萬別跟評審裝熟，就算是你真的跟評審很熟，也要當作不熟。但面帶微笑的從容舉止有助於給人留下美好的印象，在分數上也有「得人疼」的加分作用。

除了一開頭應有的禮貌道早或問好之外，不要跟評審

「話家常」，畢竟場合不對、目的不同，評審也不能真的回應你的寒暄問候或問題，所以，還是把心思放在鋪陳你的演說上吧！

傻勁兒

沒有過不了的火燄山，憑著一股傻勁往前就對了。

千金難買的生命體驗

一生能有幾回醉，一年一度的全國語文競賽，同場勁敵的場面沒參與還要再等一年喔。

四、具備人本情懷

客家人獨特的人本情懷讓你的演說加入這樣的論調，會更楚楚動人。

鄉土與國際意識

這是一個要有國際觀的年代，從紙傘外銷到採茶歌登上國際舞台你還想到什麼？

民主素養

客家人一貫的循規蹈矩你對民主的體認與實踐？

統整能力及終身學習

聚落的形成和終身學習的態度你看到了什麼？

以上都是你可以在演說中用到的例子素材，也能突顯出與其他語言演說不一樣的賣點。

五、脫穎而出獨占鰲頭

與眾不同的開場：

當每一位選手一上到台上一開口，就是評審對你建立良好印象的關鍵時刻，所以強而有力的開場，除了讓人留下好的印象更有增加自信、穩定軍心的效果。

強而有力的結尾：

而結論的黃金時段我將其統稱為黃金 30 秒，也正是評

審要對你評定分數的最後決戰時刻。

所以好的開場相當重要且能事先準備好，以減少選手準備內容的壓力。

每分鐘160到180字

正常的演說速度是每分鐘 160 到 180 字，要進國賽如同我在擔任電台節目科長開的一門課程，優美的語調包含了字的使用節拍，轉變調的運用都要精密計算所呈現出來的韻味自然不同。

第五章

不只是為了個人的榮辱

一、陷入無話可說的窘境

二、投注熱情享受它的美好

三、喜歡自己悅納自己

代表縣市出賽成績已非個人，又得兼顧榮譽心，這是一場輸不起的仗。

一、陷入無話可說的窘境

台上一緊張會一下子腦袋一片空白，小故事接著上場是不錯的解救法，所以要準備一些溫馨的故事，幫你穩住陣腳。

沙盤推演

模擬賽讓選手更有親臨現場的感覺。

隨心所至

多練題目等到比賽場上抽題後便能得心應手。

適當的訓練

先把上台的走步練好，那前 30 秒到報題都是駕輕就熟，更能穩定軍心。

有計劃的操練

排表列課讓選手習慣每天的進度，持續到賽程結束。

如數家珍

俗諺語習慣性使用，屆時引用如數家珍。

揣摩上意

熟諳評審的喜惡，畢竟打分數的是評判委員。

費盡唇舌

無論如何要取得認同，費唇舌也要打中靶心。

聽得津津有味

讓台下的戰友們聽到津津有味，那你離冠軍更近了。

單純的感動

單純的感動才能長久，讓人有餘悸猶存的感動。

美在簡單

吃遍山珍海味不如娘親的美味，客家小炒美味就因為簡單。

二、投注熱情享受它的美好

凡走過必留下痕跡，足跡給人是美好的因為你曾走過，享受也曾野過的感覺吧，一輩子能幾次踏上國賽的殿堂，領獎的感覺真好。

為達目的堅苦卓絕

努力後的果實最迷人，堅苦只是過程。

活絡氣氛

開心的面對，認真的完成，開心的感受也能活化你的人際。

凝聚共識

和客家語演說各組的夥伴一起攜手向前邁進吧，勝利留給準備好的團隊。

三、喜歡自己悅納自己

與生俱來的演說能力，還是日後的努力所造就的演說將才？首先你要喜歡自己，讓人一聽到你的演說就知道那是你，就是你的風格，要相信「你是最好的」那麼你就會表現出最好的自己。

結　語

一場好的客家語演說一如晴日和風，會散發永久的光、熱與愛，點燃起我們心頭幅射出的溫度、深度和廣度，給沉醉酣然的時代：

一點點覺醒

一點點薪火

一點點暮鼓晨鐘的清越洄瀾。

國家圖書館出版品預行編目(CIP) 資料

客家語演說教戰準則 / 洪傳宗, 陳秋玉著.
-- 初版. -- 新竹縣竹北市 : 方集, 民107.09
面 ; 公分
ISBN 978-986-471-173-4 (平裝)
1.客語 2.演說術
802.5238 107013798

客家語演說教戰準則

洪傳宗、陳秋玉　著

發 行 人：蔡佩玲
出 版 者：方集出版社股份有限公司
地　　址：新竹縣竹北市臺元一街 8 號 5 樓之 7
電　　話：（03）656-7336
聯絡地址：臺北市中正區重慶南路二段 51 號 5 樓
聯絡電話：（02）2351-1607
聯絡傳真：（02）2351-1549
電子郵件：service@eculture.com.tw
出版日期：2018（民 107）年 9 月　初版
定　　價：新臺幣 340 元

ＩＳＢＮ：978-986-471-173-4（平裝）

總 經 銷：易可數位行銷股份有限公司
地　　址：231新北市新店區寶橋路235巷6弄3號5樓
電　　話：（02）8911-0825　　　傳　　真：（02）8911-0801